Augenblicke des Lebens

Impressum:

Autor:

Karl Miziolek © 2018

Das Urheberrecht dieses Werkes
liegt beim Autor.
Ein Kopieren, auch auszugsweise, bedarf
der Genehmigung des Autors.
http://bildhafte-gedanken.at

Bibliografische Information der Deutschen Nationalbibliothek: Die Deutsche Nationalbibliothek verzeichnet diese Pub-
likation in der Deutschen Nationalbibliografie; detaillierte
bibliografische Daten sind im Internet über http://dnb.dnb.de
abrufbar.

Herstellung und Verlag:

BoD – Books on Demand, Norderstedt

ISBN : 9783746013695

Augenblicke des Lebens

Sonderedition
Zusammenfassung der Bücher

Momente der Erinnerung
Episoden aus Griechenland
Ins Leben geschaut

INHALTSVERZEICHNIS

Momente der Erinnerung

Auf dem Dachboden

Heute ist wieder so ein Tag, an dem man besser im Bett geblieben wäre. Draußen regnet es unaufhörlich, und die Lust, außer Haus etwas zu unternehmen, ist gleich null. Aber ich könnte den Tag nutzen, um einmal den Dachboden gründlich aufzuräumen, überlegte ich. Also schritt ich zur Tat.

Es hatte sich so einiges angesammelt.

„Wo fange ich da überhaupt an?", fragte ich mich.
Während ich überlegte und mein Blick über das Chaos glitt, fiel mir eine alte Holzkiste auf. Neugierig geworden, öffnete ich sie. Zu meinem Erstaunen befand sich neben alten Puppen und anderem Spielzeug auch ein Schuhkarton darin. Vorsichtig öffnete ich ihn und sah, dass er alte Fotos enthielt. Jetzt erinnerte ich mich daran, wie ich bald nach der Hochzeit bei Kurt ins Haus eingezogen war. Vieles, das ich aus meiner Wohnung mitgebracht hatte, war hier auf dem Dachboden verstaut. Ich setzte mich in den alten Fauteuil, den Kurt keinesfalls entsorgen wollte, weil er ihn an seinen geliebten Opa erinnerte. Zu dem hatte er ein ganz besonderes Verhältnis.
Foto um Foto nahm ich aus der Schachtel und tauchte in die Erinnerungen ein.
„Ach, hier ist Luigi", sagte ich lächelnd. Luigi war ein Italiener aus Ravenna.

Ich hatte ihn vor der Hochzeit mit Kurt kennengelernt. Das muss jetzt zwanzig Jahre her sein, überlegte ich.

Es war auf meiner ersten Reise mit dem Auto.

Meine beste Freundin Monika und ich fuhren nach Italien.

Ich hatte gerade meine Führerscheinprüfung bestanden.

Von meinen Eltern bekam ich zum 19. Geburtstag einen gebrauchten Fiat 500 Topolino geschenkt.

Monika beabsichtigte, Architektur zu studieren und wollte unbedingt einmal in dieses Land fahren.

„Jetzt hast du ein Auto, wie wäre es: Fahren wir nach Italien?", fragte sie mich.

„Keine schlechte Idee!" Ich war gleich begeistert.

Meine Mutter allerdings weniger. „Du kannst noch nicht so gut fahren, um gleich so eine weite Reise zu unternehmen", gab sie zu bedenken.

Nachdem ich mich, wie meistens, durchgesetzt hatte, mit tatkräftiger Unterstützung meines Vaters, war sie auch nicht mehr dagegen.

Monika war die Planerin. Eigentlich war sie das immer, wenn wir gemeinsam etwas unternahmen.

Es waren noch zwei Wochen bis zu unserem geplanten Reisetermin. Fleißig nützte ich die Zeit, um mehr Fahrpraxis zu bekommen.

Monika studierte Reiseführer und Landkarten und legte die Route fest. Nach dem, was sie ausgearbeitet hatte, hätten wir dreimal so viel Urlaub gebraucht. Die Zeit verflog im Nu. Dann war er plötzlich da, der Tag der Abreise. Der Topolino war nur ein kleiner Zweisitzer, viel Gepäck konnten wir also nicht mitnehmen. Ein „Zweimannzelt" und gerade das Notwendigste an Wäsche und Kleidung waren bald verstaut.

„Passt ja auf, Mädels!", schärfte uns meine Mutter noch ein.

„Keine Angst, Mama, es wird schon alles gut gehen", beruhigte ich sie. Dann ging es los, unsere Fahrt führte uns über Kärnten nach Italien, nach zwei Tagen erreichten wir Venedig, unser erstes Ziel.

Monika hatte in dem Reiseführer gelesen, dass es ratsam sei, das Auto in Mestre, einem Vorort von „Venezia", zu parken und dann mit dem Bus in die Stadt zu fahren. Es wurde auch empfohlen, man erkunde Venedig am besten mit der Gondel. Schön und gut, aber als wir den Preis erfuhren, stellten wir schnell fest: Unser Budget ließ so etwas nicht zu.

Die singenden Gondoliere hatten schon immer gewusst, wie sie Touristen neppen konnten. Anhand eines Planes, der dem Reiseführer beilag, sahen wir, dass wir ohne Weiteres die wichtigsten Sehenswürdigkeiten zu Fuß erreichen konnten.

Allerdings sollte man keine Angst vorm Treppensteigen haben. Brücken über Brücken mit unzähligen Stufen waren zu bewältigen.

Venedig ist von ca. 50 Kanälen durchzogen, die es zu überqueren galt.

Von der Bushaltestelle am Bahnhof marschierten wir los, Richtung Piazza San Marco, dem Platz, wo Millionen Tauben von den Touristen gefüttert werden und der ein bekanntes Wahrzeichen der Stadt ist. Da wir nur einen Tag für Venedig vorgesehen hatten, wurde uns bald klar, das reichte nicht aus, um viel mehr zu sehen. Außerdem waren so viele Menschen unterwegs, dass es keinen Spaß machte. Wir beschlossen, uns in einem der vielen Cafés ein Eis zu genehmigen und dem Treiben auf dem Markusplatz zuzusehen.

Langsam mussten wir wieder nach Mestre, um uns ein Quartier zu suchen.

Venedig war für uns viel zu teuer.

In Mestre fuhren wir auf den Campingplatz und stellten unser Zelt auf. Zeitig am nächsten Morgen ging es weiter. Über Ferrara und Bologna fuhren wir nach Ravenna.

Weiter wollten wir nicht. Wir nahmen uns vor, zwei Tage in Ravenna zu bleiben und dann wieder die Heimreise anzutreten.

Bis jetzt war alles glatt gegangen, natürlich hätten wir mehr Zeit gebraucht, um uns all die Sehenswürdigkeiten in den verschiedenen Städten anzusehen.

Doch kaum waren wir in Ravenna angekommen, stotterte ohne jede Vorwarnung plötzlich der Motor. „Na, was ist denn jetzt los?", fragte ich laut.

„Hast du noch Benzin im Tank?", wollte Monika wissen. „Ja, ich habe doch erst in Bologna getankt", antwortete ich.

Die Benzinuhr zeigte noch fast die Hälfte an. Was ich auch versuchte, nichts ging mehr.

Es war ein glücklicher Zufall, dass uns das Malheur genau vor einer Autowerkstatt passierte. Während Monika beim Auto blieb, versuchte ich mein Glück in der Werkstatt. Dort war niemand, doch aus einem Nebenraum hörte ich Stimmen.

Da saßen fünf Männer dichtgedrängt an einem Radiogerät und lauschten gespannt der Übertragung eines Fußballspiels.

Als ich mich bemerkbar machte, stand ein junger Mann auf und erkundigte sich, was ich wünsche.

Er merkte sofort, dass ich kein Italienisch sprach, und wiederholte es in perfektem Deutsch.

„Gott sei Dank, Sie sprechen deutsch", erwiderte ich erleichtert.

Es wäre sonst ziemlich schwierig gewesen, ihm alles zu erklären.

„Ich habe keine Ahnung, was los ist, plötzlich starb der Motor ab und nichts ging mehr", sagte ich.

„Benzin haben Sie?" „Ja", erwiderte ich etwas gereizt, da ja auch schon Monika danach gefragt hatte, unnötigerweise.

Er ging mit mir zum Auto.

Nachdem Luigi, so stellte er sich vor, alles durchgesehen hatte, kam er zu dem Schluss: „Da dürfte die Zündung kaputt sein. Wo möchten Sie denn hinfahren?" „Nach Ravenna auf den Campingplatz", antwortete ich.

Luigi überlegte kurz. „Ich bringe Sie und Ihre Freundin auf den Campingplatz, und Sie lassen den Wagen hier", schlug er vor.

Ich beriet mich kurz mit Monika, die keinen Einwand hatte. Schließlich blieb uns ja nichts anderes übrig. Inzwischen waren auch die anderen Herren aus der Werkstatt zu uns gestoßen.

Unser Gepäck wurde in Luigis Auto verfrachtet und wir fuhren los.

Am Campingplatz angekommen, half uns Luigi, ganz Gentleman, auch noch beim Aufstellen des Zeltes.

Nachdem wir mit dem Aufbau fertig waren, verabschiedete sich Luigi mit den Worten: „Wenn Sie möchten, komme ich morgen um neun Uhr und fahre Sie in die Stadt, damit Sie sich die Sehenswürdigkeiten ansehen können."

„Das wäre schön, vielen Dank", sagte Monika gleich. „Also dann bis morgen, ciao", sagte er und zischte davon.

Pünktlich um neun Uhr am nächsten Morgen stand Luigi da. „Buongiorno, meine Damen!", grüßte er gut gelaunt.

„Was möchten Sie als Erstes sehen?", fragte er. Monika, gut vorbereitet wie immer, sagte: „Zuerst die Basilika San Vitale!"

„Gut, dann fahren wir los", meinte Luigi.

Die Fahrt dauerte nicht lange. An der Basilika angekommen, meinte Luigi: „Ich denke, Sie werden sich zurechtfinden, ich muss leider in die Werkstatt, da viel Arbeit angefallen ist." Die Ersatzteile für mein Auto würden morgen kommen, teilte er mir noch mit. „Ich gebe Ihnen für alle Fälle meine Telefonnummer, falls Sie Hilfe brauchen", meinte er und gab mir seine Visitenkarte noch mit. „Rufen Sie mich an, wenn Sie wieder zum Campingplatz wollen, ich bringe Sie dann gerne wieder hin", sagte er und verabschiedete sich.

Nun war Monika in ihrem Element. Mit Karte und Reiseführer jagte sie mich von einer Kirche in die nächste und von einer Sehenswürdigkeit zur anderen. So verbrachten wir einen schönen, aber anstrengenden Tag in Ravenna.

Müde und erschöpft riefen wir am späten Nachmittag Luigi an und baten ihn, uns wieder von der Basilika San Vitale abzuholen.

Es dauerte nicht lange, und Luigi war zur Stelle.

Er brachte auch einen Kollegen mit. „Das ist Adriano", stellte er ihn uns vor.

Nach der allgemeinen Begrüßung fuhren wir los Richtung Campingplatz.

„Haben Sie am Abend etwas vor?", fragte Luigi.

„Nein, aber wir sind ganz schön müde von der Stadtbesichtigung", antwortete ich.

„Ich make einen Vorschlage", sagte Adriano mit einem charmanten Akzent, wie er den Italienern eigen ist, und ließ seinen Blick nicht von Monika.

„Wir kommen am Abende und maken ein Picknick am Strande", sagte Adriano.

Bevor ich noch etwas sagen konnte, hatte Monika zugestimmt, und ihre blauen Augen blitzten freudig. Als die beiden Männer weg waren, machten wir uns erst einmal etwas frisch und legten die Füße hoch, der Tag war ganz schön anstrengend gewesen.

Die Zeit verging schnell und es war schon ziemlich spät, als die beiden ankamen. „Na, dann auf zum Strand", sagte Luigi. Die beiden hatten wirklich an alles gedacht.

Am Strand lag ein altes Fischerboot, in dem wir es uns gemütlich machten. Die beiden verwöhnten uns mit Speis und Trank, es war herrlich.

Das Meer sang ein schönes Abendlied, und der Mond mit seinem silbrigen Licht tat sein Bestes, um uns in Stimmung zu bringen.

Adriano und Monika hatten nur Augen füreinander, aber ich muss gestehen, Luigi war mir auch mehr als sympathisch.

Plötzlich sagte Adriano zu Monika: „Moni, du kommen bissi gucken Sterne?" im vertraulichen Du, und seine dunklen Augen strahlten. „Gerne", flüsterte Monika, und ihre langen blonden Haare spielten mit dem Wind.

Ich sah nur noch, wie die zwei eng umschlungen das Boot verließen.

Jetzt, wo Luigi und ich alleine waren, kamen wir uns immer näher und näher.

Das Meer und der Wein taten alles, um mich wie auf Wolken schweben zu lassen.

Es war schon hell, als Luigi mich weckte und meinte: „Komm, es ist Zeit, den Strand zu verlassen."

„Wo ist Monika?", fragte ich besorgt. „Mach dir keine Sorgen, sie ist gut aufgehoben bei Adriano", sagte er und lächelte. Wir rafften alles zusammen und verließen das Boot.

Als wir beim Zelt ankamen, waren Monika und Adriano schon da.

Luigi und Adriano verabschiedeten sich schnell, sie müssten in die Werkstatt. „Gott sei Dank", dachte ich, es ist alles gut. Sie würden uns am Abend das Auto auf den Campingplatz bringen, sobald es fertig war.

Jetzt, wo wir alleine waren, schauten wir uns an und wussten nicht so recht, was wir sagen sollten. Irgendwie war es eine komische Situation. Monika erfasste schnell die Lage und begann schon über die Heimreise zu reden.

Mir war es angenehm, und somit war das Thema der vergangenen Nacht erledigt.

„Hoffentlich bringen sie das Auto heute noch, sonst wird es eng mit der Heimreise", meinte Monika.

Plötzlich riss mich das Läuten meines Handys aus der Erinnerung. „Ja", meldete ich mich, da ich am Display sah, dass es eine Freundin war.

„Hallo Christa, sag, du kanntest doch Monika gut", meinte sie.

„Hast du schon gehört, sie hat wieder geheiratet, einen Italiener aus Ravenna, der hat dort eine Autowerkstatt", erzählte sie weiter.

„Mit diesem Luigi hat sie schon zwei Kinder", sagte sie noch.

Jetzt musste ich schlucken und stotterte: „Nein, dass wusste ich nicht, ich habe schon lange keinen Kontakt mehr mit Monika", antwortete ich.

„Danke für deinen Anruf, ich melde mich später", sagte ich und legte auf.

Bald nach unserer Rückkehr aus Italien war Monika nach Innsbruck gezogen, um zu studieren. Der Kontakt wurde immer spärlicher und riss schließlich ab. Ich hörte nur noch, dass sie bald darauf einen Arzt geheiratet hatte.

Irgendwo muss ich noch die Visitenkarte von Luigi haben. Ob die Telefonnummer noch stimmen könnte?

Ich werde es jedenfalls versuchen. Gerne würde ich wieder Kontakt mit Monika haben und erfahren, wie alles so kam.

Die Reise nach Paris

Immer wieder ging mein Blick zu der großen Uhr in der Werkstatt. Endlich, Freitag um fünf, der letzte Arbeitstag vor dem Urlaub. Vier Wochen länger schlafen und so richtig faulenzen!

Charlie, mein Arbeitskollege, hatte seinen Urlaub für den gleichen Zeitraum angemeldet wie ich. Bei der Verabschiedung fragte er mich: „Was machst du im Urlaub?"

„Vielleicht fahre ich nach Paris", sagte ich im Scherz und lachte.

„Fahren wir gemeinsam, ich bin dabei", sagte Charlie.

„Okay, dann bist du morgen um acht Uhr bei mir", erwiderte ich. Ich wohnte noch zuhause bei meinen Eltern. Ich bat meine Mutter, mich am nächsten Tag nicht zu wecken. Endlich konnte ich ausschlafen! Aber daraus wurde nichts.

„Karl, steh auf, der Charlie ist da!", rief meine Mutter. Sie kannte Charlie, da er öfter bei uns zu Besuch war. Er wohnte etwa vierzig Kilometer von Wien entfernt, und wenn wir am Abend etwas unternahmen und es spät wurde, übernachtete er bei uns.

Ich glaubte zu träumen, aber tatsächlich hörte ich seine Stimme. Im Schlafanzug ging ich in die Küche und da stand Charlie: Schnürlsamthose, schwarze Lederjacke und ein kleiner Koffer in der Hand.

„Charlie, was ist los?", fragte ich entsetzt. Ich dachte, er sei von zuhause ausgezogen.

„Na, wir hatten doch ausgemacht, nach Paris zu fahren", sagte er erstaunt.

„Mensch, hast du das ernst genommen?", fragte ich. „Na klar!", stotterte Charlie. Jetzt zeigte sich wieder die Unbekümmertheit der Jugend: Wir waren beide gerade neunzehn geworden.

„He, warum eigentlich nicht?", lachte ich und bat meine Mutter, mir schnell einiges an Wäsche herzurichten. Ich ging inzwischen nach draußen, befestigte die beiden Packtaschen am Gepäckträger meines Lohner-Motorrollers und füllte sie mit unseren Habseligkeiten. Dann schnallte ich noch ein einfaches Zelt daran sowie einen Regenschutz. Meine Mutter konnte es nicht fassen. „Kinder, was macht ihr denn da?", fragte sie mit sorgenvoller Miene.

„Keine Angst, Mama, wenn es nicht klappt, drehen wir einfach wieder um", beruhigte ich sie. Wir beschlossen, in Jugendherbergen zu übernachten und das Zelt nur im Notfall zu benutzen. Auch das Ziel war uns eigentlich nicht so wichtig. Wir fahren, so weit wir kommen und es uns Spaß macht, versprachen wir einander in die Hand.

Nun begann unser spontaner Wahnsinn. Als erstes Ziel setzten wir uns Linz, die Hauptstadt von Oberösterreich. Wir nahmen uns vor, die täglichen Strecken nicht zu lang anzusetzen.

Auf halber Strecke nach Linz begann es zu regnen. Was heißt regnen? Es schüttete aus vollen Rohren, für jeden Zweiradfahrer der Horror! Aber unser Ziel, die Jugendherberge in Linz, erreichten wir wohlbehalten nach etwa zweihundert Kilometern, wenn auch nass bis auf die Knochen.

Die weiteren Etappen über Salzburg bis Innsbruck verliefen bei schönem Wetter problemlos. Allmählich hatten wir uns an das lange Sitzen gewöhnt. Ich fuhr nicht übermäßig schnell. Mit rund achtzig Kilometern pro Stunde blieb noch Zeit, ein wenig die Gegend zu betrachten, zumal der Verkehr 1956 noch nicht so dicht und gefährlich war wie heute. Also eher ein angenehmes, beschauliches Reisen.

Ab Innsbruck begann ein spannender Abschnitt, die Fahrt über den Arlbergpass. Die Passhöhe liegt auf 1790 Metern. Mit nur knapp sechs PS war es ein mühsames Unterfangen, den Pass zu überqueren. Aber es ging alles gut, und nach einer weiteren Etappe durch das Bundesland Vorarlberg erreichten wir die Schweiz. Ziel war inzwischen Zürich.

In Zürich erwies sich die Suche nach einer Jugendherberge zwar als schwierig, aber schließlich gelang es uns doch, eine Bleibe zu finden. Nachdem wir uns frisch gemacht hatten, fuhren wir zum Zürichsee. Dabei machten wir einen großen Fehler und ließen das Gepäck nicht in der Jugendherberge. Wir dachten, da es hier ja nur Mehrbettzimmer gab, wäre es sicherer, das Gepäck mitzunehmen. So war es ja auch, aber wir zwei unbekümmerten Weltenbummler ließen den Roller nun allein und spazierten sorglos am Seeufer entlang.

Als wir zu unserem Fahrzeug zurückkamen, war unsere Regenkleidung, die oben auf dem Gepäckträger gelegen hatte, weg. Wir waren natürlich sauer, dass so etwas gerade in der Schweiz passierte. In Italien oder Frankreich hätten wir es eher erwartet, da man aus Erzählungen immer wieder hörte, man dürfe dort nichts unbeaufsichtigt lassen. Na ja, zum Glück fehlte sonst nichts. Aber es war uns für die Zukunft eine Lehre.

Am nächsten Tag verließen wir Zürich und fuhren in Richtung französische Grenze. In Mulhouse suchten wir vergeblich ein Quartier.

„Komm, wir fahren weiter, wenn wir nichts finden, können wir immer noch im Zelt schlafen", sagte ich zu Charlie.

Knapp vor Vesoul, einer kleinen Stadt, fanden wir eine Auberge de Jeunesse. Nun, man darf sich die damaligen Jugendherbergen nicht so vorstellen, wie man sie heute gewohnt ist. Im Grunde war das Ganze nur ein Schild: „Auberge de Jeunesse" stand darauf, und darunter „La clé est chez le boulanger". Der Schlussel beim Backer, wie das Schild holprig übersetzte.

Da in der winzigen Ortschaft nur wenige Häuser standen, hatten wir den Bäcker schnell gefunden. Mit einem kleinen Wörterbuch, das wir in Zürich gekauft hatten, versuchten wir, uns der alten Dame in dem Laden verständlich zu machen. Es war vergeblich.

Immer wieder trugen wir unseren Wunsch in vermeintlich perfektem Französisch vor und immer wieder sagte sie nur: „Que désirez vous?" Plötzlich murmelte sie etwas und rief nach hinten: „Michelle!" Ein Vorhang bewegte sich und aus dem Hinterzimmer trat eine junge Frau. Und was für eine!

Schulterlanges schwarzes Haar und eine Figur wie von Michelangelo persönlich erschaffen.

„Verstehen Sie Deutsch?", stotterte ich, denn Charlie stand noch immer der Mund offen.

„Oui, ein wenig", sagte sie mit der Stimme eines Engels.

„Wir hätten gern den Schlüssel für die Jugendherberge", bat ich.

Sie brachte den Schlüssel und erklärte: „Sie finden die Herberge, wenn Sie den Weg hinter dem Haus entlang fahren."

Ich fragte, ob wir dort auch kochen könnten. „Ja, es ist ein Herd dort", klärte sie uns auf. Also beschlossen wir, gleich ein paar Lebensmittel mitzunehmen. Auf Deutsch, Französisch und mit den Händen gestikulierend schafften wir es, Eier, Brot und Butter zu kaufen. Sie packte alles in einen Korb, und nach einer kurzen Pause sagte sie: „Ich werde Ihnen den Weg zeigen."

Ich fand das natürlich eine prima Idee und sagte zu Charlie: „Charlie, ich fahre mit Michelle vor, und du kommst nach." Seine Freude darüber hielt sich in Grenzen, wie ich seinem Gesichtsausdruck entnehmen konnte.

Michelle und ich fuhren los. Der Weg führte auf einen Hügel, auf dem ein kleines Häuschen stand. Ich schloss auf, aber erst, nachdem wir die Fensterläden geöffnet hatten, sah ich den Raum: Zwei alte Betten, ein Tisch und eine uralte Couch sowie ein Schrank und ein gemauerter Ofen. Nun ja, für eine Nacht reicht es allemal, dachte ich. Ohne zu zögern machte

Michelle Feuer. „Ich mache oeufs brouillés (Rührei) für euch, wenn es recht ist", bot sie an.

Ich staunte nicht schlecht. „Sehr gerne, danke", antwortete ich.

In der Zwischenzeit war auch Charlie eingetroffen. Seine schlechte Laune verging schnell, als er sah, dass Michelle für uns kochte. Nachdem wir das karge Mahl eingenommen hatten, sagte ich: „Etwas zu trinken wäre auch nicht schlecht."

Da ich Michelle ohnehin nachhause bringen musste, konnte ich ja etwas aus dem Laden mitnehmen. Beim Hinunterfahren bemerkte ich, dass Michelle sich hinten auf dem Roller immer dichter an mich schmiegte. Es war angenehm, angenehmer jedenfalls, als wenn Charlie sich an mich klammerte. Im Laden angekommen, verschwand Michelle sofort im angrenzenden Raum. Ich inspizierte inzwischen die Weinflaschen im Regal und entschied mich für eine Flasche Beaujolais supérieur. Ich hatte gar nicht bemerkt, dass Michelle noch immer im Nebenzimmer war. Plötzlich rief sie: „Charles!"

Ich ging in den Nebenraum. Jetzt vernahm ich auch die leise Musik aus dem Radio und bemerkte eine Flasche Wein und zwei Gläser auf dem Tisch.

Nun ja, die Situation war alles andere als unangenehm. Als Michelle meinen fragenden Blick bemerkte, sagte sie: „Il n´y a rien de tel qu'un bon verre de vin" (Nichts geht über ein gutes Glas Wein) und lachte.

Da sie auf den Wein zeigte, verstand ich, was sie meinte.

„Gern", antwortete ich. Wir plauderten, so gut wir uns verständigen konnten, über alles Mögliche: Wohin wir noch fahren wollten, wie lange wir schon unterwegs seien und so weiter. Da sie weit besser Deutsch konnte als ich Französisch, ging es einigermaßen.

„Tu veux danser?", fragte sie plötzlich.

„Bitte?", fragte ich, „tanzen?"

„Oui, tanzen", sagte sie. Es war wie ein Traum, die Musik, diese Frau im Arm und dazu der Wein.

Es wurde sehr, sehr spät an diesem Abend.

Mensch, wie sollte ich das alles Charlie erklären? Ich versuchte es zumindest, aber er sagte kein Wort und sah mich nur an. „Fahren wir morgen weiter, oder bleiben wir noch hier?", fragte er. „Charlie, wir fahren natürlich weiter", sagte ich. Leider, dachte ich.

Am nächsten Tag waren die Hormone und die Gedanken wieder einigermaßen klar.

Wir brachten den Schlüssel zurück in den Laden, verabschiedeten uns und setzten unsere Reise fort. Zum Glück war Michelle nicht da, ich weiß nicht, ob ich sonst mein Versprechen, weiterzufahren, gehalten hätte.

„Merci Michelle, c´était un temps agréable."

Nun ging die Reise weiter. Charlie war verständlicherweise nicht sehr gesprächig, und ich war in Gedanken versunken. Aber im Laufe der Zeit stellte sich wieder Normalität ein. Wir kamen unserem Ziel, Paris, immer näher.

Einen Tag, bevor wir Paris erreichen wollten, übernachteten wir auf einem Campingplatz in der Nähe von Sens. Er war nicht sehr stark belegt, aber wir lernten das Ehepaar Nicole und Pierre kennen, beide Lehrer. Sie sprachen perfekt Deutsch und waren erstaunt, was wir uns mit der Reise zutrauten, und so begeistert, dass sie uns nach Paris einluden. Allerdings mussten sie noch woanders hin und würden erst einen Tag später zuhause sein. Am nächsten Morgen verabschiedeten wir uns, nachdem sie uns ihre Adresse gegeben hatten.

Der Tag hatte es in sich. Eine schnurgerade Straße, aber immer ein Auf und Ab wie eine Wellenlinie, bis wir an einen bestimmten Punkt kamen und plötzlich Paris vor uns sehen konnten.

Uns stockte der Atem: Ein riesiges Häusermeer und mittendrin der Eifelturm, der alles überragte.

„Charlie, wie sollen wir hier nur die Adresse finden?", fragte ich.

„Wir müssen uns irgendwo einen Stadtplan kaufen", meinte Charlie.

Plötzlich hielt neben uns ein junger Mann auf einer Vespa.

„Kann ich Ihnen helfen?", fragte er in perfektem Deutsch.

„Ja, wir möchten zu dieser Adresse", sagte ich und zeigte ihm den Zettel.

„Oh, das liegt am anderen Ende der Stadt", meinte er. „Ich bringe Sie gern dorthin, folgen Sie mir einfach."

„Woher können Sie so gut Deutsch?", fragte ich. „Ich habe in Wien studiert und dann dort einige Zeit gelebt", erklärte er. Nachdem wir uns vorgestellt hatten, Marcel hieß er, meinte er: „Na, dann wollen wir."

Nun ging es los. Ich musste mich so auf den Verkehr konzentrieren, dass ich kaum mitbekam, wie und wohin wir fuhren. Der Verkehr war die Hölle. Mir schien, als gäbe es in Paris keinerlei Verkehrsregeln. Autos und Autobusse überholten rechts oder links, wie es eben ging. Die Autobusse waren anders als die, die ich aus Wien kannte, hoch und zweistöckig. Wie Häuser wirkten sie auf mich als kleinen Rollerfahrer, und immer musste ich darauf achten, unseren freundlichen Lotsen nicht zu verlieren. Endlich am Ziel angekommen, verabschiedete Marcel sich mit ein paar Worten.

„Ich würde euch gern wiedersehen und euch etwas von Paris zeigen, aber ich muss morgen für einige Tage nach Lyon", erklärte er. Wir bedankten uns und sagten, wie froh und dankbar wir wären, denn ohne ihn hätten wir unser Ziel nie so schnell gefunden. Jetzt standen wir da. Nun bemerkte ich erst, wie eng und schmal die Gasse war, wie alt und verwahrlost die Häuser. Aber es war so, die Adresse stimmte.

Ein altes verrostetes Tor öffnete sich, und darauf stand mit Lack eine große Fünfundzwanzig. Es war die angegebene Hausnummer. Vorsichtig öffnete Charlie das Tor; ich überließ ihm gern den Vortritt.

Wir kamen in einen kleinen Innenhof, von dem aus eine fragil wirkende Eisentreppe auf einen Arkadengang führte, von dem Türen zu einzelnen Wohnungen gingen. Ganz geheuer war uns die Situation nicht, aber wir stiegen die Treppe empor, und auf der ersten Tür stand auch schon der Name, den wir suchten.

„Aber anklopfen tust du", sagte Charlie.

Ich klopfte an, und nach einigen Sekunden öffnete sich quietschend die Tür.

„Que désirez vous?", fragte eine alte Dame.

„Madame Nicole?", fragte ich.

„Elle ne revient que demain", sagte sie.

Nach dem das Spielchen zweimal hin und her gegangen war, verabschiedeten wir uns. Auf der Treppe sagte Charlie plötzlich: „Wir Idioten! Jetzt haben wir den Roller allein gelassen mitsamt dem Gepäck!" Die letzten Stufen flogen wir nur so hinunter. Aber es war noch alles da; uns fiel ein Stein vom Herzen. Wir kramten unser Wörterbuch hervor und versuchten zu entschlüsseln, was die alte Dame uns gesagt hatte. Schließlich erinnerten wir uns, dass die beiden ja betont hatten, sie kämen erst morgen.

Also suchten wir erst einmal eine Jugendherberge. Wir hatten Glück, sie lag ganz in der Nähe. Aber das Glück hielt nicht lange vor: Sie erwies sich als voll belegt. Immerhin konnten wir wenigstens den Roller dort sicher unterstellen. Ab morgen würden wir zwei Plätze haben können, versprach uns die

Dame an der Rezeption. „Paris bei Nacht, davon habe ich schon immer geträumt", sagte Charlie, „schlagen wir uns die Nacht um die Ohren!"

Mit dem Stadtplan aus der Jugendherberge zogen wir los, schlenderten planlos durch die Gassen. Vor lauter Schauen und Staunen vergaßen wir bald die Zeit, und es wurde immer später. In einem Bistro kauften wir Brötchen und tranken ein Bier. Auf den Straßen wurde es ruhiger und ruhiger, nur die Bars waren noch geöffnet, aber ohne Geld waren sie für uns tabu. Inzwischen waren wir schon ein Stück weg von der Jugendherberge. Langsam, aber sicher machten unsere Beine schlapp.

„Charlie, ich bin am Ende, irgendwo müssen wir schlafen", klagte ich.

„Ja, ich bin auch schon reif fürs Bett", gab Charlie zu. Paris bei Nacht hatten wir uns anders vorgestellt. Jetzt überlegten wir fieberhaft, wo wir schlafen konnten, denn unser großspuriges Vorhaben, die ganze Nacht durchzumachen, erwies sich als unmöglich. Aber es sollte noch lange dauern: In jedem Hotel, in dem wir anfragten, bekamen wir nach einer kurzen Prüfung unseres Aussehens eine höfliche Absage. Immer müder und müder wurden wir.

Endlich fanden wir ein kleines, unscheinbares Hotel, das uns aufnahm; mittlerweile war es zwei Uhr nachts geworden.

„Wir hätten gern ein Zimmer für eine Nacht", sagte ich zu dem Portier.

„Ihre Pässe bitte!", sagte er. Nachdem wir ihm die Pässe gegeben hatten, überreichte er uns ohne ein weiteres Wort einen Zimmerschlüssel.

„Das Zimmer liegt im ersten Stock", erklärte er und deutete auf eine Treppe. Als wir sie hochgingen, kam uns ein Pärchen entgegen, lachend und vergnügt. Komisch, dachte ich. Als wir vor unserer Zimmertür standen, kam ein weiteres Paar eng umschlungen aus dem Nebenzimmer. „Bonsoir", grüßten sie freundlich und gutgelaunt. Jetzt fiel es mir wie Schuppen von den Augen: Wir waren in einem Stundenhotel gelandet! Uns war alles egal, nur ins Bett, dachte ich, obwohl es mittlerweile drei war und es eine kurze Nacht werden würde. Aber wir konnten zumindest liegen. Aufgrund unserer Müdigkeit dauerte es auch nicht lange und wir sanken in Morpheus´ Arme.

Am nächsten Morgen waren wir froh, uns etwas erholt zu haben. Frühstück gab es in dem Hotel nicht, also verließen wir es fluchtartig, nachdem wir bezahlt und unsere Pässe wieder entgegengenommen hatten. Es waren sicher die teuersten fünf Stunden in einem Hotel, die ich je bezahlt habe. Aber man muss im Leben alles einmal durchmachen.

Jetzt ergab sich die Gelegenheit, die Pariser Metro kennenzulernen, denn der Weg zu Fuß zurück zur Jugendherberge war uns zu weit. In der Metro sagte Charlie plötzlich: „Meine Uhr ist weg!"

Also hieß es in der nächsten Station aussteigen und zurück zum Hotel.

Dort angekommen, lachte der Portier und winkte schon mit der Uhr. „Na, Gott sei Dank", meinte Charlie, und ich hörte förmlich, wie ihm ein Stein vom Herzen fiel. „Jetzt aber flott ins Quartier, sonst vergeben sie noch unsere reservierten Plätze", mahnte ich.

Nun, es ging alles gut, wir bekamen die Plätze, und auch unser Roller war wohlbehalten noch da, samt Gepäck. Nachdem wir uns frisch gemacht hatten, fuhren wir ein zweites Mal zur Adresse unserer Bekannten.

Diesmal hatten wir Glück. Die Wiedersehensfreude war groß, und wir mussten gleich bei Kaffee und Kuchen erzählen, was wir alles inzwischen erlebt hatten.

„Habt ihr schon Mädchen kennengelernt?", fragte Nicole.

Als wir etwas irritiert verneinten, meinte sie: „Das müssen wir aber schnell nachholen!" Wir lachten, und ich sagte: „Na, so schnell wird das wohl nicht gehen, mit unseren dürftigen Sprachkenntnissen!"

„Nur keine Scheu!", sagte sie. „Wenn Ihnen ein Mädchen in einem Café gefällt und es ist allein, sprechen Sie es einfach so an: 'Avez-vous soif?' Wenn sie Interesse hat, sagt sie bestimmt 'Oui'!"

Wir plauderten noch eine Weile über belanglose Dinge, dann lud Nicole uns in ein Bistro zum Mittagessen ein.

„Jetzt wird es aber Zeit, dass wir wieder in unser Quartier kommen", meinte Charlie.

Die letzte Nacht saß uns doch noch etwas in den Knochen. Und wir mussten auch unsere Wäsche wieder einmal begutachten.

„Kommt morgen Vormittag wieder, dann zeige ich euch ein wenig von Paris", versprach Nicole zum Abschied.

Am nächsten Morgen fuhren wir wie vereinbart gleich wieder zu Nicole. Pierre musste zur Arbeit, und Nicole sagte: „So, dann wollen wir mal los, damit ihr ein wenig von Paris kennenlernt!"

Wir fuhren mit der Metro, schlenderten durch die Gassen, und ich begriff, dass wir ein Paris abseits der Touristenpfade kennenlernen sollten. Natürlich durften auch Highlights wie Eiffelturm, Triumphbogen und Notre Dame nicht fehlen — alles zwar im Eiltempo, aber alles genauer zu erkunden, interessierte uns ohnehin nicht so.

Am späten Nachmittag, wir waren schon deutlich geschlaucht und müde, kamen wir auf den Montmartre. Es ist wohl eines der meistbesuchten, aber auch teuersten Viertel in Paris. Auf der Place du Tertre bieten Maler ihre Werke an, und in kleinen Cafés kann man behaglich sitzen. Etwas abseits, wenn man den Platz verlässt, findet man enge, heimelige Gassen; hier fühlt man sich fast in das alte Paris Toulouse-Lautrecs zurückversetzt. Wir machten es uns in einem kleinen Straßencafé gemütlich. Nachdem wir einige Zeit dem Treiben auf dem Platz zugesehen hatten, sagte Nicole: „Seht mal, dort sitzen zwei junge Damen, wollt ihr sie nicht ansprechen?"

Mir war nicht ganz wohl zumute. So auf Befehl, das war gar nicht meine Art. Charlie hingegen war begeistert.

„Wie war das noch mal, was soll ich sagen?", fragte er.

„Avez-vous soif?", erklärte Nicole lachend.

Charlie machte sich auf den Weg zu den beiden Mädchen. Er schien Erfolg zu haben, denn er wurde eingeladen, sich zu ihnen zu setzen. Charlie deutete zu uns herüber, ich nickte den Mädchen zu, und plötzlich standen sie auf und kamen mit Charlie an unseren Tisch. Ich weiß nicht, ob Nicole etwas gedreht hat, jedenfalls sprach sie sofort mit den beiden Damen, und alle drei lachten. Wir verstanden kein Wort.

Ich wurde das Gefühl nicht los, dass es eine abgesprochene Sache zwischen den dreien war – waren es vielleicht Schülerinnen von Nicole? Jedenfalls klappte es mit der Verständigung gut: Die beiden Mädchen sprachen ein wenig Deutsch, was meine Vermutung bestärkte. Jedenfalls waren es bildhübsche Französinnen.

Françoise und Bernadette hießen die beiden Hübschen, sie plauderten und lachten um die Wette.

Charlie war hingerissen von Françoise; er himmelte sie förmlich an, und sie ließ ebenfalls kein Auge von ihm. Er war aber auch ein stattlicher Kerl: Lässig hatte er seine schwarze Lederjacke umgehängt, rauchte eine Zigarette nach der anderen und spielte den Macho. Gut, er hatte eine gewisse Ähnlichkeit mit Jean-Paul Belmondo, das schien Françoise zu gefallen; sie war übrigens ungefähr der Typ Brigitte Bardot. Bernadette hingegen ähnelte eher Annie Girardot und entsprach damit nicht ganz meinem Frauenideal.

Nach einem Glas Châteauneuf-du-Pape meinte Nicole: „Was haltet ihr davon, wenn wir noch wohin gehen? Ein Freund von uns gibt eine kleine Party."

Die beiden Mädchen berieten sich kurz und waren dann einverstanden. Uns blieb ohnehin nichts anderes übrig; wir verließen uns ganz auf Nicole. Der Freund wohnte in der Nähe der Wohnung von Nicole. Als wir dort ankamen, war seine Bude schon rammelvoll, der ganze Innenhof des Hauses wurde genutzt. Überall saßen Leute auf Stühlen und Bänken, manche lagerten sogar auf der kleinen Grünfläche. Ein buntes Gemisch: Künstler, Lehrer, Arbeiter. Ich glaube, es gab nichts, was hier nicht vertreten war.

Nicole stellte uns dem Hausherrn vor, die Mädchen übrigens nicht, was mich erneut stutzig machte und meinen Verdacht erhärtete.

Aber ich kam nicht lange zum Überlegen.

„Mischt euch unter die Leute und genießt den Abend!", sagte Nicole, ehe sie selbst in der Menge untertauchte. Ich war erstaunt, wie rasch mein Freund sich hier wohlfühlte. Ich lernte einen ganz anderen Charlie kennen.

Es dauerte nicht lange, und ich war mit Bernadette allein. Françoise und Charlie waren irgendwohin verschwunden. Bernadette zog mich zu einem Musiker, der mit seiner Gitarre im Gras hockte und spielte.

„Gefällt dir die Musik?", fragte sie. Als ich bejahte, zog sie mich hinunter, wir saßen neben dem Künstler und lauschten seiner Musik. Bernadette begann zu singen, wundervolle Chansons, sie hatte wirklich eine schöne Stimme, und immer mehr Leute gesellten sich zu uns. Bernadette himmelte den Musiker an, was mir gar nicht unangenehm war; ich fühlte mich irgendwie nicht hingezogen zu ihr, und das beruhte vermutlich auf Gegenseitigkeit.

Überall tanzten Pärchen eng umschlungen oder saßen schmusend im Gras.

Jetzt musste ich einmal schauen, wo Charlie war. Vergebens, er war verschwunden! Nicole, die mir über den Weg lief, hatte auch keine Ahnung, wo er geblieben war. Als ich zu dem Musiker zurückkam, sah ich, dass ich hier wohl abgemeldet war: Bernadette hatte nur noch Augen für ihn. Nun hatte ich Zeit, die Gesellschaft zu beobachten. Ich setzte mich auf eine Treppe, um das Treiben von oben zu beobachten. Was für eine Party! So etwas hatte ich noch nie erlebt. Ein buntes Völkergemisch von Schwarzen, Weißen und auch Chinesen tummelte sich unter mir. Das war unterhaltsam, aber insgeheim dachte ich an Michelle aus der Bäckerei, so etwas war mir schon lieber, leiser und vor allem ruhiger.

Plötzlich stupste mich jemand in den Rücken: Françoise und Charlie kamen die Treppe herunter.

„Wo sind die anderen?", fragte Françoise. Ich deutete hinunter zu dem Musiker.

„Das habe ich mir gedacht", lachte sie – was immer sie auch meinte.

Während wir die Treppe weiter hinuntergingen, bemerkte ich, wie ramponiert Charlie alias Belmondo aussah, und musste laut lachen. „Muss ja ganz schön stürmisch gewesen sein", sagte ich leise. Dann fiel mir ein, was Charlie damals in der Jugendherberge bei Michelle zu mir gesagt hatte. „Na, Charlie, fahren wir morgen weiter, oder bleiben wir noch in Paris?", fragte ich grinsend.

„Wir fahren weiter", war sein kurzer Kommentar.

Es war schon weit nach Mitternacht, als wir uns endlich verabschiedeten. Nicole fragte uns, ob wir uns allein zurechtfänden, und auch Françoise war besorgt. Von Bernadette und dem Musiker war nichts mehr zu sehen. Trotz des langen Tages spürten wir eigentlich keine Müdigkeit, und so beschlossen wir, zu Fuß in die Jugendherberge zu marschieren.

Die frische Luft tat uns gut – in jeder Hinsicht. Charlie war schweigsam, und ich bohrte auch nicht weiter. Ich sah ihn nur immer von der Seite an und musste lächeln: Ein nachdenklicher, fix und fertiger Charlie, was für eine Erfahrung!

Den nächsten Tag verbrachten wir in der Umgebung der Jugendherberge, um uns am Abend von Nicole und Pierre zu verabschieden. Zu unserer großen Überraschung war auch Françoise da, um uns und vor allem natürlich Charlie Lebewohl zu sagen. Ich sah unseren Abreisetermin in Frage gestellt und blickte Charlie fragend an. Jetzt war er wieder der

Macho-Charlie: Er schüttelte nur den Kopf, und ich wusste, das war's.

Nach vier Tagen Paris hieß es am nächsten Morgen Abschied nehmen; unsere Fahrt ging weiter Richtung Marseille. Für die Strecke von etwa 700 Kilometern planten wir drei Tage ein.

Doch es kam wieder einmal anders. Die Fahrt war bis dahin eigentlich problemlos verlaufen, auch zum Zelten hatten wir immer eine Gelegenheit gefunden. Doch ungefähr hundert Kilometer vor Marseille spürte ich plötzlich einen Stich an meiner rechten Hand. Ich maß dem keine weitere Bedeutung bei und ärgerte mich nur, dass ich wegen der großen Hitze keine Handschuhe angezogen hatte. Plötzlich schwoll meine Hand so stark an, dass ich nicht mehr Gas geben konnte. Wir hielten an und überlegten, am Straßenrand stehend, was wir tun sollten. In der Nähe entdeckten wir schließlich einen kleinen Bauernhof und beschlossen, dort hinzugehen. Charlie schob den Roller.

Eine kleine alte Frau bewohnte den Hof allein.

Nach einer kurzen Begrüßung brauchte ich gar nicht weiter zu reden: Die alte Dame sah meine Hand und sagte sofort irgendetwas, das ich nicht verstand. Sie ging ins Haus, kam zurück mit einer Flasche und bedeutete, sie wolle mir etwas davon auf die Hand geben. Mir war nicht wohl zumute.

Die Flasche war so schmutzig, dass man nicht einmal erkennen konnte, ob sie weiß oder grün war. Es blieb aber nichts anderes übrig, ich ließ sie gewähren. Sie schüttete mir fast die halbe Flasche über die Hand, holte einen nicht viel saubere-ren Fetzen aus ihrer Schürzentasche, wickelte sie damit ein und erklärte: „Tout va s'arranger."

Wir fragten, ob wir hier unser Zelt neben dem Hof aufstellen dürfen, redeten dazu mit Händen und Füßen. Sie verstand uns und ließ uns das Zelt aufstellen.

Der arme Charlie musste es allein schaffen, es war mir un-möglich, meine Finger zu bewegen.

Als wir fertig waren, bat die Bäuerin uns ins Haus und ließ uns in der Küche Platz nehmen. Sie richtete Brot, Butter sowie zwei Gläser Milch her und forderte uns mit Handbewegungen auf zu essen. Die Küche war eine richtige Bauernküche: ein großer Tisch mit Eckbank, Geschirrschrank und gemauertem Ofen, in dem trotz der Hitze das Feuer zum Kochen brannte.

Als die Bäuerin das letzte Stück Holz in den Ofen schob, be-merkten wir, dass sie unschlüssig war, ob sie uns allein lassen sollte, um neues Holz zu holen. Charlie erfasste die Situation, nahm den Korb und bot an, mit ihr zu gehen.

Da huschte ein Lächeln über das Gesicht der alten Dame. Sie hakte sich bei Charlie ein, und beide gingen aus der Küche. Nach einigen Minuten kam sie allein zurück und lachte mich an. Naja, ganz koscher war mir nicht zumute. Sie nahm mich am Arm und zeigte mir, ich soll mitkommen. Als wir hinter das Haus kamen, sah ich Charlie, was heißt Charlie, Jean-Paul Belmondo, mit nacktem Oberkörper die Axt schwingen und Brennholz für die alte Dame machen.

„Das tut gut", meinte er. „Schade, dass ich dir nicht helfen kann, Charlie", sagte ich in einem Ton, der ihn sofort sagen ließ: „Ja, ja, ich weiß".

Am nächsten Morgen, ich konnte es nicht glauben, war meine Hand schon fast normal, ich konnte die Finger wieder bewegen. Es wurde Zeit, dass wir weiterkamen. Nicht nur die Zeit wurde knapp, auch das Geld, stellten wir bei einem Kassensturz fest. Als wir uns bei der alten Dame bedankten und verabschiedeten, zog sie Charlie zu sich hinab, er überragte sie um einiges, und küsste ihn links und rechts auf die Wange. Ich konnte nicht widerstehen: „Bleiben wir noch hier oder fahren wir weiter?", fragte ich lachend. Die Antwort fiel nicht sehr vornehm aus. Nach dem, was wir inzwischen schon gesehen und erlebt hatten, beschlossen wir, die Hafenstadt Marseille so schnell wie möglich hinter uns zu lassen, denn der erste Eindruck war nicht berauschend. Wir fuhren weiter in Richtung Côte d'Azur; unsere Strecke führte uns ohne große Probleme über Le Lavandou, St. Tropez, Cannes über Nizza bis schließlich nach Monaco. An der Prachtstraße an der Küste stand ein Hotel neben dem anderen, und teure Autos parkten vor ebenso teuren Lokalen, sodass wir einen Wahlspruch erfanden: „Männer, schaut rechts, links wird gegessen!" Obwohl auch rechts, wo sich das Meer befand, eine Yacht neben der anderen lag.

Monaco war natürlich Pflicht für uns Männer von Welt. Wir parkten unseren Roller direkt zwischen Cadillacs, Buicks und anderen Nobelschlitten vor dem Spielkasino. Ein Besuch war natürlich nicht in unserem Budget. Aber einen Blick in die Empfangshalle erlaubten wir uns doch. Neben dem Casino war ein Café mit Garten, in dem eine Kapelle spielte.

„Also, für einen Kaffee in Monte Carlo sollte das Geld noch reichen", sagte ich zu Charlie, der mir sofort zustimmte.

Nun kam eine Situation, die ich emotional bis heute noch spüre: Als wir den Garten betraten, spielte die Kapelle wie auf Kommando den Wiener Donauwalzer. Ich bin mir sicher, dass es reiner Zufall war und sie diesen Walzer nicht für zwei abgeschmierte Motorradfahrer spielten, aber es berührte uns sehr. Der Besuch Monte Carlos wird mir immer in Erinnerung bleiben. Nun trachteten wir, so schnell wie möglich Italien zu erreichen, denn langsam wurde die Zeit wirklich knapp. Ohne weitere Hindernisse kamen wir rasch voran. Ein großes Problem wurde allmählich der Hunger, denn wir hatten immer weniger Geld. Ich musste ja stets die Spritkosten einrechnen. Also wurden unsere Pausen immer weniger, wir waren von der Frühe bis spät am Abend unterwegs und schliefen ausschließlich im Zelt, da fanden wir immer einen Platz.

Über Genua ging es nach Viareggio. Irgendwo zwischen Viareggio und Bologna muss es gewesen sein, als wir am Straßenrand einen Lastwagen mit Tomaten stehen sahen, und kein Mensch weit und breit. Wir nutzten die Gelegenheit und klauten ein paar Tomaten, um wenigstens etwas essen zu können.

Plötzlich tauchte der Fahrer auf – wäre ja auch zu schön gewesen!

Wir mussten mitkommen ins nächste Dorf, die Steigen mit den Tomaten abladen und in einem Lager stapeln. Aber es war dann doch nicht so schlimm: Wir bekamen Tomaten, ein Weißbrot und ein Stück Wurst mit auf den Weg. Gleich wollten wir uns nun den Bauch vollschlagen, aber zum Glück siegte die Vernunft, und wir teilten uns den Proviant ein.

In den nächsten Tagen sahen wir nur die Straße. Nachhause – das war inzwischen unser einziges Ziel. Nur Tanken und eventuell ein Stück Schokolade konnten wir uns leisten. Endlich erreichten wir Österreich. Nun ging es nur noch über Kärnten und die Steiermark nach Niederösterreich und Wien. Am Semmering, einem Pass zwischen der Steiermark und Niederösterreich, war Schluss: Kein Benzin, kein Geld. Der Roller blieb stotternd stehen.

Wir hockten uns ins Gras und überlegten, wie und was wir nun tun können. Aber es fiel uns nicht viel ein. Wir konnten nicht einmal in ein Lokal gehen, um zu telefonieren, ohne Geld. Und wen sollten wir anrufen?

Plötzlich hielt neben uns ein großer Mercedes mit einer Wiener Nummer. Der Fahrer stieg aus, er fragte uns, ob wir ein Problem hätten und er uns helfen könne. Er kam mir vor wie ein Engel. Wir sagten ihm, dass wir kein Geld und kein Benzin mehr hätten und noch bis Wien müssten. Neugierig schaute er sich den Roller an und fragte: „Wo seid ihr denn überall gewesen?" Der Roller hatte vorn eine kleine Stoßstange, und an ihr hatte ich von allen Ländern und großen Städten, die wir besucht hatten, einen Wimpel montiert.

„Machen wir es kurz", sagte er, „wir gehen jetzt was essen und ihr erzählt mir mehr."

Er fuhr vor in ein Restaurant.

Wir schoben den Roller und folgten ihm. Wir erzählten und erzählten zwischen dem Essen. „Nicht so hastig, sonst wird euch noch schlecht!", lachte er, „Ich bewundere euch wirklich, so eine Reise mit diesem Roller zu unternehmen. Ich hätte mich das nie getraut!"

Nachdem wir gegessen hatten, meinte er: „Jetzt braucht ihr noch Benzin, denke ich. Welches Gemisch braucht denn euer Roller?" „1:25", antwortete ich. „Gut, ich fahre zur nächsten Tankstelle, die ist nicht weit, und bringe euch einen Kanister mit", sagte er und brauste ab. Kurz darauf kam er mit dem versprochenen Kanister zurück. Wir füllten den Tank und konnten den Roller wieder starten.

„Ich bringe Ihnen morgen das Geld, wenn Sie mir Ihre Adresse geben", bot ich an.

Er lachte nur. „Da macht euch mal keine Sorgen, ich habe euch gern geholfen! Ich fasse immer noch nicht, was ihr da unternommen habt. Viel Glück für die letzten Kilometer, und kommt gut heim!" Schon stieg er ein und brauste los – so schnell, dass wir uns kaum bedanken konnten.

Nun war es nicht mehr weit bis zu Charlies Zuhause. Dort angekommen, schloss uns seine Mutter überglücklich in die Arme. „Gott sei Dank, ihr zwei Weltenbummler seid wieder da", sagte sie und einige Tränen rannen über ihre Wangen.

Bei Kuchen und Kaffee mussten wir natürlich erzählen, was wir alles erlebt haben. Die Zeit verging zu schnell. Ich musste ja noch nach Wien fahren und wollte vor Einbruch der Dunkelheit zuhause sein. Es war Zeit, aufzubrechen.
Ich verabschiedete mich und machte mich auf den Weg, um die letzten Kilometer einer unvergesslichen Reise in Angriff zu nehmen. Es war eine spontane Reise, unbekümmert und mit wenig Geld ausgestattet waren wir gestartet. Aber reich an Eindrücken und Erfahrung sowie einer gefestigten Freundschaft kehrten wir zurück.

Eine inter-nette Geschichte

In München regnete es wie aus Gießkannen. Ilse hüpfte zum Fenster und blickte in das eintönige Grau.

„Hört das überhaupt nicht mehr auf?", murmelte sie und verfluchte das Wetter und ihr Gipsbein.

Seit Tagen hatte sie die Wohnung nicht mehr verlassen. Ihre einzige Verbindung zur Außenwelt war der PC. Bisher hatte sie sich immer über die Leute lustig gemacht, die den ganzen Tag am Computer saßen, jetzt gehörte sie selber zu ihnen und war auch noch froh, wenigstens das machen zu können.

Ilse schaute nochmals hinunter auf die Straße. Sie erwartete ihre Tochter, die in Salzburg studierte. Vanessa würde sie für einige Tage von der Eintönigkeit erlösen.

Der PC riss sie aus ihren Überlegungen. Er piepste und malte „Sie haben eine neue E-Mail" auf den Bildschirm. Ilse war vor einiger Zeit zu einer Bloggerin geworden. Sie schrieb, wenn auch nicht alle Tage, in ihrem Blog darüber, was sie gerade beschäftigte: Über Kochrezepte und Handarbeiten oder über Bücher, die sie gerade gelesen hatte. Von Details ihres eigenen Lebens schrieb sie nichts. So nahe wollte sie die Leser nicht an sich heranlassen. Was sie schrieb und wie, zog inzwischen eine ansehnliche Gruppe von Menschen an. Die meisten hinterließen Kommentare zu Ilses Blog, doch einige von ihnen hatten auch Kontakt per E-Mail mit ihr gesucht. „Hallo

Ilse!", las sie. „Wie geht es dir mit deinem Gips? Seit wir uns zuletzt geschrieben haben, ist einiges passiert. Ich musste aus beruflichen Gründen kurzfristig nach München übersiedeln. Ich melde mich wieder, wenn ich hier alles erledigt habe. Jetzt könnten wir uns endlich einmal persönlich kennenlernen, Salzburg ist von München ja nicht so weit weg." Ein Smiley zwinkerte nach diesem Satz. „LG. Horst", stand noch da.

Horst war eine dieser E-Mail-Bekanntschaften. Ilse verstand sich sehr gut mit ihm, obwohl er wesentlich jünger war. Sie flirteten schon ziemlich miteinander, und sie hatte schon länger das Gefühl, dass er nicht abgeneigt wäre, sie näher kennenzulernen.

Ohne viel zu überlegen, klickte sie auf „Antworten" und schrieb:

„Wie schön, Horst, ich freue mich, von dir zu lesen. Bei mir gibt es nichts Neues, es geht so einigermaßen mit dem Gipsbein. Ja, melde dich bitte, wenn du alles erledigt hast, würde mich auch freuen. LG, Ilse."

Sie schickte die E-Mail ab. Dann stutzte sie.

Jetzt, wo Horst in München lebt, könnte es leicht zu einem Treffen kommen. Wenn sie sich mit Horst traf, würde er sie nicht erkennen. Das einzige Bild, das von ihr in ihrem Blog existierte, war das ihrer Tochter. Sie hatte es als persönliches Icon in ihrem Profil hochgeladen, weil immer wieder Leser wissen wollten, wie sie denn aussah. Deren Bilder zeigten meist junge Leute, die sie offenbar mit ihrem Blog ansprach. Sie hatte das Gefühl gehabt, dann vielleicht nicht dazu zu gehören, da sie ja doppelt so alt war.

Doch dann hatte sie noch etwas ziemlich Dummes getan. Als sich einige persönliche Kontakte mit ihren Lesern ergaben, hatte sie nicht zugeben wollen, dass das Bild falsch war, und stattdessen behauptet, sie sei eine Studentin in Salzburg. Sie fand das zuerst sehr spannend und fühlte sich außerdem nicht verpflichtet, ihre wahre Identität zu offenbaren, denn die E-Mails bezogen sich meistens auf die Themen, die sie in ihrem Blog behandelte.

Es war im Prinzip egal. Bis die E-Mails, die sie von Horst bekam, für sie wichtig wurden. Horst war jung. Bevor es zu einer Verabredung mit ihm kam, musste sie ihm sagen, was ihn erwartete – und wo.

Sie versuchte sich zu beruhigen.

„Du hast noch Zeit, mach dich nicht verrückt, warte erst einmal ab", dachte sie.

Aber ihre Ruhe war dahin. Ein Teil ihrer Freundschaft mit Horst bestand aus Lügen. Die quälende Frage war: Wie konnte sie diese Lügen beseitigen, ohne dass die Freundschaft zerbrach?

Als es plötzlich an der Tür klingelte, fuhr sie erschrocken hoch. Zaghaft öffnete sie die Türe und musste so überrascht geschaut haben, dass ihre Tochter laut auflachte: „Bin ich ein Geist, Mama?"

„Gott sei Dank, du bist es", sagte Ilse erleichtert.

„Erwartetest du vielleicht jemand anderen?", fragte Vanessa.

„Nein, nein, schön, dass du endlich da bist! Ich freue mich so, dich zu sehen", stotterte sie.

Mittlerweile war es dunkel geworden. Ilse machte eine Flasche Wein auf, und die beiden Frauen unterhielten sich angeregt. Vanessa erzählte von ihrem Studium und Ilse von ihrem Gipsbein.

„Es ist spät, komm, lass uns zu Bett gehen, morgen ist auch noch ein Tag", sagte Ilse schließlich.

„Du hast recht Mama", erwiderte Vanessa.

Am nächsten Morgen, sie saßen noch am Frühstückstisch, kreischte plötzlich eine Bohrmaschine. Dann wurde gehämmert.

„Was ist denn das für ein Lärm?", fragte Vanessa.

„Das geht schon seit Tagen so", klagte Ilse. „Die Wohnung im 2. Stock war leer, vermutlich zieht gerade jemand ein."

Vanessa kümmerte sich nicht weiter darum und nahm sich vor, auf den Markt zu gehen, denn der Kühlschrank von Ilse war schon ziemlich leer. „Ich bin gleich wieder da", sagte sie zu ihrer Mutter.

In diesem Moment klingelte es.

„Mach du auf, bitte", sagte Ilse.

Als Vanessa die Türe öffnete, stand ein älterer, grau melierter, gut aussehender Mann vor ihr.

Der stand nur da, musterte sie eingehend, sah ihr konzentriert ins Gesicht und begann zu stammeln. „Verzeihen Sie", sagte er und fand seine Sprache wieder. „Ich wollte Sie nicht so anstarren. Aber Sie sehen genauso aus wie eine Frau, die ich aus dem Internet kenne. Haben Sie vielleicht eine Schwester in Salzburg?"

„Nein", lachte Vanessa, „Schwester habe ich keine. Aber ich studiere in Salzburg. Worum geht es denn?"

Sie fand die Anmache etwas seltsam, musste aber doch ein wenig darüber lächeln.

„Ich bin in die Wohnung im 2. Stock eingezogen und habe ein Problem mit dem Wasser. Können Sie mir sagen, wo ich den Hausmeister erreiche? Bei der Telefonnummer, die man mir gegeben hat, meldet sich niemand", sagte der Mann, offensichtlich froh, dass Vanessa das Thema gewechselt hatte.

„Bitte kommen Sie herein. Mama, hier ist ein Herr, der neue Mieter " „Kurt Wender", stellte er sich vor.

„Herr Wender möchte wissen, wie er den Hausmeister erreichen kann", rief Vanessa ins Wohnzimmer.

Ilse wurde es heiß und kalt. Herr Wender? Konnte Horst Wender herausgefunden haben, wo sie wohnte? Andererseits – wie? Und wie kam er so schnell hierher? Doch dieser Mann wollte ja nicht zu ihr, sondern zum Hausmeister. War das nur ein Vorwand? Ilse quälte sich hoch, Irgendwie fühlte sie sich plötzlich ertappt. Sie fand keine andere Lösung, als es zu nehmen, wie es kam. Letztlich wollte sie das auch, wollte die Sache endlich aufklären. Mit zusammengebissenen Zähnen hoppelte sie ins Vorzimmer. Dort stand Herr Wender.

Ilses Anspannung löste sich. Das war nicht Horst Wender. Natürlich, Wenders konnte es ja viele geben.

„Wender ist Ihr Name?", fragte sie und tat ganz unbekümmert.

„Ja, gestatten Sie, Kurt Wender", antwortete er.

Ilse war so erleichtert, dass sie übermütig wurde. „Ich kenne einen Horst Wender", meinte sie. „Sie sehen ihm sogar ziemlich ähnlich. Das wäre doch ein verrückter Zufall, wenn Sie mit ihm verwandt wären."

Nun war es offenbar Herr Wender, der um Fassung rang. Er blickte von Vanessa zu Ilse, auf ihr Gipsbein, wieder zu Vanessa. „Horst ist mein Sohn", sagte er kleinlaut.

Nach einer Pause: „Sind Sie – bist du vielleicht Ilse?", halb zu Vanessa, halb zu Ilse mit ihrem Gipsbein.

„Nein, ich bin Vanessa und das ist meine Mutter, sie heißt Ilse", erklärte Vanessa belustigt. Kurt griff sich an den Kopf. Man sah, wie ihm der Schweiß ausbrach. Er wechselte mehrmals die Farbe. Hier das Gipsbein, dort das Gesicht. Horst und Ilse. Kurt und Vanessa. Er flüsterte:

„Meine Damen, ich fürchte, wir müssen etwas klären."

„Das glaube ich auch", sagte Ilse und betrachtete aufmerksam den Fußboden. Vanessa blickte nur erstaunt von einem zur anderen. Schließlich hatte sich Ilse so weit gefasst, dass sie Kurt bitten konnte, drinnen Platz zu nehmen. Als alle drei im Wohnzimmer saßen, schlug Ilse vor, Kaffee zu machen, und Kurt nahm dankend an. „Liebling, machst du uns einen Kaffee?", bat Ilse ihre Tochter. Während Vanessa in der Küche war, sprach niemand ein Wort. Ilse und Kurt betrachteten einander nur verlegen. Vanessa brachte den Kaffee, goss ein und sagte dann: „Was ist hier eigentlich los, Mama?"

„Also, darauf bin ich wirklich nicht stolz", sagte Ilse. „Du weißt ja, es war mir unbehaglich, in meinem Blog als ich selbst aufzutreten, deswegen habe ich dein Bild verwendet. Doch dann habe ich all die jungen Leute kennengelernt, die meinen Blog lesen, und bin noch einen Schritt weiter gegangen. In meinen E-Mail-Kontakten wollte ich nicht als ältere Frau dastehen und habe mich als die Studentin Ilse aus Salzburg ausgegeben. Das hat mir dann sogar Spaß gemacht."

Immer wieder trafen sich die Blicke von Ilse und Kurt.

„Sag einmal Mutter, was ist dir denn da eingefallen?", war alles, was Vanessa im Moment dazu sagen konnte.

„Es ging alles so einfach. Ich hab es nicht böse gemeint, es war ein Spaß. Doch als der Kontakt mit Horst intensiver wurde, wusste ich nicht, wie ich das bereinigen kann. Ich dachte, Horst wäre so alt wie du – wie hätte er wohl reagiert, hätte ich ihm die Wahrheit gesagt? Ich bin doppelt so alt wie er! Ich hatte Angst, er beendet den Kontakt sofort."

Kurt seufzte. „Nun, meine Damen, das ist leider noch nicht alles. Liebe Ilse, mir ist es genauso gegangen wie dir. Auch ich habe mich jünger machen wollen und für meinen Sohn Horst ausgegeben. Als es dann darum gegangen ist, dass wir uns möglicherweise treffen sollten, wusste ich nicht mehr, wie ich aus der Sache herauskomme." Dann lächelte er. „Irgendwie hat es das Schicksal gut mit uns gemeint und hat uns die Entscheidung abgenommen."

Als sich Kurt später verabschiedete und Ilse ihn zur Tür brachte, meinte er: „Ich würde mich freuen, wenn ich dich trotzdem wiedersehen dürfte, schließlich kennen wir uns ja schon länger und wohnen noch dazu im selben Haus", dabei zwinkerte er. „Gerne!", sagte Ilse.

Kurt war seitdem sehr besorgt um Ilse. Er schaute jeden Tag vorbei und fragte, ob er etwas für sie tun könne. Ilse genoss diese Aufmerksamkeit. Vanessa wiederum nahm sich vor, bald wiederzukommen, um zu sehen, wie es mit den beiden Schwindlern weiterging.

Mitternachtsmette

Es war ein kalter Dezembertag des Jahres 1943, und es schneite ohne Unterlass. Peter, der gerade sieben Jahre alt geworden war, musste in die Schule gehen.

Als er durch das kleine Küchenfenster des einsamen Bauernhauses im nördlichen Waldviertel schaute und draußen die Schneehölle sah, war er nicht sehr begeistert. Immerhin musste er fast eine Dreiviertelstunde durch den Schnee stapfen, um zur Schule zu kommen. „Muss ich denn heute in die Schule gehen?", fragte er seine Mutter.

„Ja, Peter, die Schule ist wichtig. Wir mussten auch jeden Tag gehen, da war oft noch mehr Schnee", antwortete sie.
Peters Opa saß am Küchentisch und stopfte seine Pfeife. „Wenn du von der Schule kommst, darfst du mit mir in den Wald gehen, dann holen wir einen Christbaum", versprach er Peter.
„Oh, fein", rief der Kleine erfreut. Peter war immer froh, wenn ihn der Opa in den Wald mitnahm. Er konnte alles so schön erklären. Plötzlich war alles nur mehr halb so wild. Er machte sich in einer kurzen Hose, aber dafür mit dicken, langen, von der Mutter gestrickten Wollstrümpfen, die seine Knie schützten, mit festen Schuhen und einem Mantel, der

über die Knie reichte, auf den Weg. Den Kopf schützte eine warme Pelzhaube.

In der Schule gab es nur ein Klassenzimmer für alle Schulstufen. Die Großen hatten ihre Jacken und Mäntel nahe beim Ofen zum Trocknen platziert. Peters Mantel hing irgendwo.

Der Vormittag kam Peter endlos vor, trotzdem hatte am Ende die Zeit nicht gereicht, um seinen Mantel trocknen zu lassen, und er musste das Kleidungsstück noch halbnass wieder anziehen. Draußen, wo der Wind ihm die Schneeflocken ins Gesicht blies und der feuchte Mantel immer schwerer wurde, begann er nach kurzer Zeit zu frieren. Er kämpfte sich durch den Schnee, so schnell er konnte, und tröstete sich damit, dass daheim der Großvater sicher schon auf ihn wartete, weil sie ja den Christbaum fällen wollten.

Zuhause empfing ihn in der Küche ein Duft von Vanille, Zimt und Nelken.

Die Vorweihnachtszeit war das Schönste für ihn in dieser sonst eher tristen und stillen Jahreszeit. Da wurde viel gebacken, und manchmal fiel dabei etwas für ihn ab. Bevor die Oma es wegsperrte, da sonst für die Feiertage nichts mehr übrig gewesen wäre.

„Opa, gehen wir schon?", fragte er ungeduldig.

„Zuerst musst du etwas essen und deine Sachen trocknen, die sind ja ganz nass", sagte der Opa.

Mantel und Strümpfe wurden auf den heißen Kachelofen gelegt und begannen bald zu dampfen.

Inzwischen löffelte Peter vorsichtig die brennheiße Suppe hinunter. Das Brot wollte er liegen lassen, doch das ließ seine Mutter nicht zu. Endlich durfte er sich umziehen und Strümpfe und Mantel wieder anlegen.

„Na, dann wollen wir los", sagte der Opa lächelnd.

Im nahegelegenen Wald suchten sie nach einem geeigneten Baum. Sie mussten sich beeilen, denn um diese Jahreszeit wurde es schnell dunkel. Der Wald war tief verschneit. Der Großvater stapfte voran durch den Schnee und musste mit einem Stock die Äste von ihrer Last befreien, damit sie die Bäume überhaupt abschätzen konnten. Bald hatten sie eine schöne Tanne gefunden und abgesägt. Sie war nicht sehr groß, und der Opa konnte sie leicht auf die Schulter nehmen.

Zuhause fiel Peter ein, er müsse noch etwas für die Schule schreiben. Doch da musste er sich zuerst eine Standpauke der Mutter anhören. Hätte er das nicht früher sagen können? Der Opa war auch nicht begeistert. Wenn er das gewusst hätte …

Inzwischen war es dunkel geworden, und die Petroleumlampe wurde angezündet. Elektrisches Licht gab es noch keines. Peter hatte kaum seine Aufgaben gemacht, da rief die Oma schon zum Abendessen. Wie immer unter der Woche gab es eine Stosuppe, eine Suppe aus Sauermilch, mit Rahm verfeinert und mit Kartoffeln als Einlage. Die Schüssel wurde auf den Tisch gestellt, und jeder konnte daraus löffeln.

So vergingen die Tage der Vorweihnachtszeit, und der Heilige Abend rückte immer näher.

Im Advent wurde immer nach dem Abendessen am Behang für den Christbaum gebastelt. Die ganze Familie, Opa, Oma, seine Mutter und er, saßen am Tisch und drehten und wickelten. Seidenpapier wurde geschnitten, silberne Schnüre an Nüssen und Keksen befestigt, Strohsterne geflochten und verziert.

„Am liebsten würde ich heuer nicht in die Mette gehen, mit meinen alten Schuhen, so weit durch den Schnee", sagte eines Abends die Mutter. „Es wird schon nicht so schlimm werden, es ist sicher kalt und der Schnee festgefroren", meinte die Oma und zwinkerte dem Opa heimlich zu. Peter wollte schon immer gerne wissen, was an der Mitternachtsmette so besonders war, außer, dass sie so spät begann. Er musste ja immer schon ins Bett gehen, wenn die Erwachsenen aufbrachen, und konnte ihnen nur sehnsüchtig durch das Fenster nachschauen. „Darf ich diese Weihnachten mit? Ich bin doch schon sieben", fragte er die Mutter. „Nein, Peter", schüttelte sie den Kopf, „der Weg ist zu weit mitten in der Nacht, in dieser Kälte." „Du frierst uns ein, und wir müssen dich als Eiszapfen heimbringen", lachte der Opa. Damit war das Thema erledigt. Dann, endlich, war er da – der ersehnte Tag – der Heilige Abend. Gleich in aller Frühe gab es das übliche Sonn- und Feiertagsritual: Es wurde gebadet. Die Mutter stellte einen Holzbottich mitten in die Stube und füllte ihn mit heißem Wasser. Nach dieser mehr oder weniger angenehmen Prozedur, bei der die Mutter immer wieder mit der Bürste nachhalf, wenn Peter zu oberflächlich gewesen war, gab es das Frühstück.

Der Tag verging für die Erwachsenen viel zu schnell, für den Kleinen zu langsam. Er konnte es kaum erwarten, bis es Abend werden und das Christkind kommen würde.

Der Baum und der Behang waren im Schlafzimmer deponiert, wo ihn das Christkind abholen und später zusammen mit den Geschenken wieder bringen würde. Peter schlich immer wieder dort herum, irgendwann musste sich doch das Christkind bemerkbar machen, aber es tat sich rein gar nichts. Doch plötzlich kamen die Oma und die Mutter zu ihm und sagten: „Jetzt wird das Christkind gleich kommen, aber vorher gehen wir noch in den Stall und beten für unsere Tiere ein Vaterunser."

Als sie wieder ins Haus kamen und die Stube betraten, stand der Christbaum da. Mit seinen Kerzen und dem gebastelten Schmuck strahlte er so sehr, dass die Stube taghell beleuchtet war. Die Familie stellte sich in Reih und Glied vor ihm auf. Zuerst beteten sie ein Vaterunser. Mit innigen Worten gedachte die Mutter danach Peters Vater, der im Krieg war. "Wieder ein Jahr ohne ihn, wie viele werden es noch? Gott schütze ihn", sagte sie. „Gott schütze ihn", wiederholten Oma und Opa. Peters Augen suchten inzwischen den Boden unter dem Baum nach Geschenken ab.

Dann wurde auch noch „Stille Nacht, heilige Nacht" gesungen. Die Erwachsenen konnten es so richtig spannend machen. Es war eine Erlösung für Peter, als der Opa sagte: „Schaut, da hat das Christkind etwas hingelegt!" Peter stürzte gleich hin. Er sah zwei kleine und ein größeres Paket, an denen Zettel hingen. „Schau doch einmal, wem die Geschenke gehören", sagte seine Oma. Das erste, das er erwischte, hatte einen Zettel dran, auf dem „Für Opa" stand. Das nächste, größere, gehörte der Mutter, dann kam die Oma dran. Jetzt hatten alle ein Geschenk, nur Peter nicht. Er war am Boden zerstört. Sollte es doch so sein, wie die Mutter immer gesagt hatte: „Wenn du nicht brav bist, wird das Christkind nichts bringen"? Langsam füllten sich Peters Augen mit Tränen.

Doch plötzlich rief der Opa: „Da ist ja noch ein Packerl hinter dem Baum versteckt!" Tatsächlich, jetzt entdeckte Peter es auch. Er kroch unter den Baum. „Das ist für mich", verkündete er selig. Schnell wischte sich Peter die inzwischen reichlich geflossenen Tränen von den Wangen und zog überglücklich sein Geschenk hervor.

Jetzt musste jeder sein Geschenk auspacken und zeigen, was er bekommen hatte. Peter begann gleich, sein Päckchen aufzureißen. „Peter, mach es vorsichtig auf, das Papier wird zusammengefaltet und wieder dem Christkind gegeben", ermahnte ihn die Mutter. Wenn das Papier ganz bleiben sollte, musste sich Peter jetzt etwas Mühe mit dem Goldfaden geben, der um das Paket gespannt war. Doch schließlich konnte er das Papier auseinanderbreiten, und es kamen zuerst dicke wollene Fäustlinge zum Vorschein. Die hatte er sich insgeheim gewünscht – es hatte ihn schon manchmal gehörig an den Fingern gefroren. Darunter ein langer Schal, und als er den aufhob, kam eine lange Hose zum Vorschein! Der Schmerz von vorhin war vergessen. Ganz unten fand er überdies noch einen Zeichenblock und einige Stifte. Peter zeichnete gerne, besonders Tiere und Bäume. Er war überglücklich.

Für Opa gab es eine neue Bartbinde für seinen Schnurrbart. Die Oma bekam eine schöne lange Schürze mit blauem Muster und die Mutter, die einen kleinen Freudenschrei losließ, ein Paar warme Stiefel. Noch einmal beteten sie ein Vaterunser und wünschten einander ein frohes Weihnachtsfest.

Anschließend setzten sie sich zum Abendessen. Zur Feier des Tages gab es einen Braten mit Saft und Knödeln.

„Jetzt freue ich mich schon auf die Mette, mit den neuen Stiefeln ist es sicher kein Problem", sagte die Mutter.

Peters wunderbare Stimmung verfiel mit einem Schlag. An die Mitternachtsmette hatte er gar nicht mehr gedacht. Er würde wohl wieder allein zurückbleiben. Dabei war die Mette für Peter etwas Besonderes und Geheimnisvolles, durften dort doch nur Erwachsene hingehen. Für die Feldarbeit und das Füttern der Tiere war er hingegen offenbar nicht zu klein.

Da unterbrach der Opa seine Gedanken. „Jetzt ist Peter groß genug, um in die Mitternachtsmette mitzugehen, was meinst du?", fragte der Opa die Mutter. Peter war hingerissen. Endlich! Er konnte es kaum erwarten. „Juhu, da kann ich gleich meine neue lange Hose anziehen", rief er.

Die Mutter fand zwar, er wäre noch etwas zu jung, war aber dann doch einverstanden. Da sie fast eine Stunde gehen mussten, um in die Kirche zu kommen, brachen sie schon um 22 Uhr auf. Peter wirkte schon sehr erwachsen, wie er neben den Großen, eingehüllt in seinen neuen Schal und mit den warmen Fäustlingen an den Händen durch den Schnee stapfte. Bei jedem Schritt knirschte der Schnee unter ihren Füßen, und am nächtlichen Himmel funkelten die Sterne um die Wette. Von weitem hörten sie schon die Glocken. Und bald sahen sie auch die beleuchtete Uhr am Kirchturm. Peter war ja jeden Sonntag in der Messe, aber an diesem Abend war alles feierlicher. Das Innere der Kirche erstrahlte im Kerzenlicht, und der Geruch von Weihrauch kam Peter noch intensiver vor als sonst. Eine kleine Krippe mit dem Jesuskind sah er vorne beim Altar, und gesungen wurden Weihnachtslieder. „Es ist schon etwas anderes als die Sonntagsmesse", dachte Peter und kam aus dem Staunen nicht heraus. Auf dem Nachhauseweg war Peter sehr still.

„Na, Peter, bist du schon müde?", fragte die Mutter. „Nein", antwortete er. Obwohl, so ganz hatte er nicht die Wahrheit gesagt. Die neuen Eindrücke machten ihm schon zu schaffen. „Der Peter ist doch schon groß", sagte der Opa und nahm ihn trotzdem an der Hand. Peter war froh darüber. Zuhause fiel er todmüde ins Bett. Sein erster Besuch der Mitternachtsmette – wieder ein Schritt näher zum Erwachsenwerden.

Episoden aus Griechenland

Ein ganz besonderer Stuhl

„Endlich in Pension!", dachte Peter und nahm sich vor, sie gleich richtig zu genießen.

Seine Arbeitskollegen hatten gesammelt und ihm bei einer kleinen Feier zu seiner Pensionierung ein Flugticket nach Griechenland geschenkt. Peter war ein ausgesprochener Griechenland-Fan. Seit über fünfzehn Jahren hatte er sein Lieblingsland immer wieder mit Wohnmobil, Wohnwagen oder Mietwagen bereist.

Am 5. September flog Peter nach Athen, übernahm dort einen Mietwagen und machte sich auf den Weg nach Chrani, einem kleinen Ort in der Nähe von Petalidi auf der Halbinsel Peloponnes. Aufgehalten durch den dichten Verkehr in Athen, kam er erst nach Mitternacht in Chrani an. Die Fahrt hatte fast vier Stunden gedauert. Die Dunkelheit war kein Problem für ihn, er kannte die Strecke wie seine Westentasche, war sie schon oft genug gefahren. Sein Quartier war ein Bungalow, nur ein paar Stufen oberhalb vom Strand in einer einsam gelegenen Bucht. Einige Jahre war es schon sein bevorzugtes Domizil. Der Vermieter hatte wie immer den Schlüssel stecken lassen. Auf dem Tisch standen eine Schüssel Obst und eine Flasche Ouzo zur Begrüßung. Peter öffnete die Tür zur Terrasse. Ihm bot sich der vertraute Anblick des Meeres im hellen Mondschein. Er setzte sich auf die Terrasse. Tief sog er die würzige Meeresluft ein. Dann begab er sich müde, aber glücklich zu Bett.

Peter war schon immer ein Frühaufsteher gewesen, aber am nächsten Morgen trieb es ihn förmlich aus dem Bett. Die aufgehende Sonne färbte alles in helles Rot. Er trat hinaus auf die Terrasse und betrachtete das Meer. Glatt und einladend wirkte es, und so beschloss er, eine Runde zu schwimmen, noch bevor es ans Frühstück ging. Er lief die wenigen Stufen zum Strand hinab und musste über seine Eile lächeln.

„Langsam, mein Freund", sagte er zu sich, „du bist in Pension."

Gemächlich schritt er den Strand entlang und suchte nach Muscheln und ungewöhnlichen Steinen, die in der Nacht angeschwemmt worden waren. Er staunte nicht schlecht, lag doch ein ganzer Stuhl am Strand. Der dürfte von irgendeiner Taverne stammen, dachte er. Er stellte ihn auf und setzte sich. Wie hatte er sich nach so einem Augenblick gesehnt! Sind wir nicht alle Strandgut, irgendwo angespült von den Wellen des Lebens an die Ufer des Daseins? Manche bleiben unbeachtet liegen, andere werden mitgenommen und wieder andere werden zurückgeworfen ins Meer und weitergetragen an einen anderen Ort, und das Spiel beginnt von neuem.

„Kalimera!", hörte er plötzlich hinter sich. Was für eine Stimme, dachte er. Wie elektrisiert drehte er sich um.

„Kalimera!" – Guten Morgen! – stotterte er mehr, als dass er es sagte. Im Bruchteil einer Sekunde erfasste er sein Gegenüber: Eine zarte Frauengestalt, vielleicht 25, 30 Jahre alt, mit pechschwarzem, schulterlangem Haar und dunklen Augen. Der knappe schwarze Badeanzug betonte ihre elegante Figur. Sie bemerkte, wie er sie anstarrte, lächelte und lief weiter den Strand entlang, um schließlich am Ende der Bucht ins Meer zu steigen und hinter einem Felsen zu verschwinden.

Auch Peter ging zurück zu seinem Bungalow, um sich Frühstück zu machen. Doch immer wieder kehrte das Bild zurück, das er eben gesehen hatte. Wer war diese Frau? Hier stand nur sein Bungalow direkt am Strand. Der Strand war rund 200 Meter lang und an seinen Enden mit Felsen auf natürliche Weise abgeschlossen. Nur über steile Pfade konnte man hinauf zu einigen Häusern, die weiter oberhalb standen. Eines von ihnen sah man direkt vom Strand aus weiß in der Sonne glänzen. Und auf diesen Strand kam nur ganz selten jemand.

Der Tag war ausgefüllt mit Besuchen bei Freunden, die Peter hier im Laufe der Jahre kennengelernt hatte. Die Einladungen, das gute Essen und der vorzügliche Wein machten ihn ganz schön müde. So verging der Tag. Abends setzte er sich auf die Terrasse seines Bungalows und genoss bei einem Glas

Rotwein den Ausblick auf das Meer. Die Melodie der Wellen fügte sich zur griechischen Musik, die aus dem Radio kam. „Wie schön ist das Leben!", dachte er, drehte das Licht ab und lauschte vom Bett aus noch den Wellen, die ihm ein Schlaflied spielten.

Am nächsten Morgen ging er gleich in aller Frühe an den Strand. Würde sie wieder an den Strand kommen, die unbekannte Schöne? Kaum hatte er auf seinem Stuhl Platz genommen und die Augen geschlossen, hörte er wieder diese Stimme: „Kalimera!" Heute schon etwas gefasster, erwiderte er gleich den Gruß: „Kalimera!" Schon wollte er weiter sprechen, doch sie kam ihm zuvor.

„Ti kanete?", fragte sie. „Wie geht es Ihnen?" – „Kala! – Gut! Hier kann es einem ja nur gut gehen", antwortete er und lachte. „Und Ihnen?" – „Danke, auch sehr gut!", sagte sie und fragte, mit ihrer dunklen Stimme: „Darf ich mich ein wenig zu Ihnen setzen?" Und schon hockte sie neben ihm im Sand.

Für einige Sekunden, die Peter wie Minuten vorkamen, war Stille. Er dachte, wenn das jemand sähe, was würde man denken? Ein alter Mann auf einem wackeligen Stuhl und neben ihm eine junge, hübsche Frau im Sand.
Aber sie riss ihn wieder aus seinen Gedanken: „Sie wohnen dort in dem Bungalow?", fragte sie. „Ja. Und Sie?" „Dort oben." Sie deutete nach oben auf das Haus, das man vom

Strand aus sehen konnte. „Ich heiße Elena, und wie heißen Sie?" „Petros", antwortete er. Immer wieder trafen sich ihre Blicke. Er konnte es nicht glauben, dass Augen so faszinieren konnten. Sie lächelte. Dann sagte sie: „Ich muss wieder", und mit einem „Sto kalo!" – alles Gute! – ging sie ins Meer und schwamm bis ans Ende der Bucht, um wieder hinter dem Felsen zu verschwinden.

Lange schaute er ihr nach und fragte sich immer wieder: Wer ist diese Frau? Insgeheim dachte Peter, es sei doch ein schönes Ritual, so ein Morgen in netter und überaus hübscher Gesellschaft. Daran könnte man sich gewöhnen.

Zu Mittag besuchte Peter seinen Freund Tasos, der eine Taverne in Petalidi besaß. Nachdem Peter gegessen hatte, setzte sich Tasos an seinen Tisch. „Petro, ich gebe heute Abend eine kleine Gesellschaft für Freunde, kommst du auch?" „Sehr gerne", sagte Peter, „vielen Dank für die Einladung."

Tasos' Haus lag etwas außerhalb von Petalidi. Peter machte sich gegen neun auf den Weg, das Auto ließ er zuhause stehen, es war ja nicht weit. „Jetzt werde ich nicht der Erste sein", dachte er, und so war es auch.
Als er in die Nähe des Hauses kam, hörte er schon die Musik und das Lachen einer fröhlichen Gesellschaft. Nach der Begrüßung des Hausherrn bemerkte er einige Gesichter, die er schon kannte, aber auch viele, die ihm fremd waren. Was die

Griechen so ‚kleine Gesellschaft' nennen, sind doch meistens rund 50 Personen. Tasos sagte in die Runde: „Das ist Petros, ein Freund aus Österreich." Tische und Bänke waren im Garten zu einer großen Tafel aufgestellt. Am Grillspieß drehte sich schon ein knuspriges Ferkel, und ein Buffet aus vielen griechischen Köstlichkeiten war aufgebaut. Dazu Musik, so laut es ging. Nun galt es, sich erst einmal zu stärken für die lange Nacht. Peter nahm sich eine Portion Dolmades, mit Ziegenkäse gefüllte Weinblätter, und köstliche kleine Fleischspieße, Souvlaki genannt. Ein Glas Wein aus Tasos' privatem Weinkeller durfte natürlich nicht fehlen.

Schnell war ein freier Platz auf einer der Bänke gefunden. Die Stimmung wurde immer fröhlicher und ausgelassener, die ersten Tänzer begaben sich auf die kreisrunde, betonierte Tanzfläche im hinteren Teil des Gartens. Es wurden die alten griechischen Volkstänze getanzt: Syrtos, Kalamatianos und andere. Die Tanzenden hielten sich an den Händen und tanzten im Kreis. Peter liebte diese Stimmung und sah den Tänzern gerne zu. Plötzlich zuckte er zusammen, denn eine ihm sehr bekannte Stimme flüsterte ihm ins Ohr: „Komm, lass uns tanzen!" Er drehte den Kopf und sah in zwei dunkle Augen, die förmlich in ihn eindrangen. „Elena!" Ohne Widerstand ließ er sich von ihr auf die Tanzfläche führen. Sie fügten sich in den Kreis ein und drehten sich mit den anderen.

Er spürte ihre Hand, hörte ihr Lachen, und immer wieder sah er ihr in die Augen. Nach einigen Minuten löste sie sich und begab sich zu einigen jungen Frauen, die am Buffet standen. Auch Peter verließ die Tanzfläche und suchte seinen Freund. „Tasos, wer ist diese Frau dort?" Er deutete auf Elena. Tasos sah hinüber und schüttelte den Kopf: „Keine Ahnung, kenne ich nicht, vermutlich hat sie jemand mitgebracht." Peter überlegte, ob er einfach hingehen und mit ihr sprechen sollte. Er wurde abgelenkt, als Tasos plötzlich rief: „Petro, komm, lass uns tanzen!" Jetzt waren nur vier Männer auf der Tanzfläche, er als Fünfter im Bunde bemühte sich, genau auf die Schritte der anderen zu achten, um nicht zu sehr aus dem Rhythmus zu fallen. Jeder Schritt, jede Bewegung der Arme, jeder Sprung hatte seine besondere Bedeutung. Jede Insel und auch jede Region am Festland hatte ihre spezifischen Tänze. Sogar Meisterschaften, die tagelang dauern konnten, gab es. Peter schien seine Sache nicht so schlecht zu machen, denn plötzlich tanzte er alleine, die anderen standen um ihn herum und klatschten in die Hände. Auch andere Gäste kamen herbei und klatschten. Sie riefen immer wieder: „Opa, Opa!" – Los, auf geht's! Peter sah auch Elena, die sich ganz vorne hinstellte und ihn anfeuerte. Er wuchs über sich hinaus, tanzte wie in Trance. Die ersten Teller flogen auf die Tanzfläche, eine ganz besondere Ehre für den Tänzer. Als Peter erschöpft von der Tanzfläche ging, wurde er von allen bejubelt und gefragt, wieso er so gut tanzen könne und auch so gut die griechische Sprache beherrsche. Peter lächelte, und bevor er noch antworten konnte, weil er noch nach Luft rang, sagte Tasos: „Petros kommt schon viele Jahre nach Griechenland, nicht wahr, mein Freund", und lachte. Peter konnte nur noch zustimmend nicken. Seine Augen suchten vergebens nach Elena. Sie war nirgends zu sehen.

Allmählich, auch durch den Tanz, spürte er, wie ihm der Wein zu Kopf stieg. Sich so einfach zu verabschieden wäre unhöflich gewesen, er suchte nach einer Ausrede, um das Fest verlassen zu können. Er sagte zu Tasos, ihm sei nicht gut nach dem Tanz, was ja auch irgendwie stimmte. Tasos war so guter Laune, dass es ihm nichts ausmachte, er umarmte Peter und war schon wieder bei seinen Gästen. Peter machte sich auf den Heimweg. Die zwei Kilometer Fußmarsch würden ihm guttun. So konnte er besser nachdenken. Was war das mit Elena? Er verstand es nicht. Früher als erwartet stand er vor dem Bungalow. Jetzt schlafen gehen konnte er nicht, also ging er zum Strand hinunter.

Die Nacht war so hell, Millionen Sterne wetteiferten mit dem Mond, wer denn heller leuchtete. Es war gespenstisch ruhig, leise schlugen die Wellen ans Ufer, bedächtig ging er in Richtung seines Stuhls. Er traute seinen Augen nicht. Plötzlich wurde ihm heiß. War das Elena, die dort auf dem Stuhl saß? Ja, sie war es, kein Zweifel. Ganz langsam trat er hinter sie, beugte sich nach vorne und zog den Stuhl zu sich heran, bis er ihr ins Gesicht sehen konnte. Sie sprach kein Wort, schlang ihre Arme um seinen Hals, und ihre Lippen boten sich den seinen dar. „Komm, lass uns fliehen in die schützende Nacht", hauchte sie. „Ja, lass uns naschen vom köstlichen Nektar der Liebe", erwiderte Peter. Die ersten Sonnenstrahlen kitzelten Peter im Gesicht, er rieb sich die Augen. Was war geschehen? Er lag halb nackt am Strand. Elena! Jetzt dämmerte ihm wieder alles. Wo war sie? Der Stuhl lag umgestoßen halb im Wasser. Langsam kam ihm zu Bewusstsein, was er hier erlebt hatte. Er musste unbedingt unter die Dusche. Am ganzen Körper nur Sand, auch an seinen Kleidern, die verstreut herumlagen.

Im Bungalow machte er die Kaffeemaschine an und duschte ausgiebig. Den Kaffee trank er auf der Terrasse. Immer wieder ging sein Blick zu dem Stuhl, dann zu dem Pfad, der zu den Häusern hinaufführte. Wo war sie? Immer wieder dieselbe Frage. Er wollte der Sache auf den Grund gehen, und nach dem Frühstück machte er sich auf den Weg zu den Häusern oberhalb der Bucht. Zwei Frauen kamen ihm entgegen, sie waren auf dem Weg zur Autobusstation.

"Kalimera!", grüßte Peter. „Entschuldigen Sie, wohnt hier eine Elena?" Die Frauen sahen sich an und zuckten mit den Achseln. „Hier wohnt keine Elena." Noch mehr durcheinander, suchte er weiter, fand aber keine Spur von ihr. Das Haus schien verlassen zu sein.

Auch Tasos, den er später nochmals fragte, konnte ihm nicht helfen. Elena blieb verschwunden. Peter musste wieder die Heimreise antreten. Was für ein Erlebnis! Auch zu Hause kamen immer wieder die Gedanken an Elena in ihm hoch. Mit einem sonderbaren Gefühl reiste er im nächsten Jahr wieder nach Chrani. Den gefundenen Stuhl hatte er vor seiner Abreise in den Bungalow gebracht und dort stehen gelassen. Als er jetzt den Bungalow betrat, fand er ihn zu seinem Erstaunen noch immer in der Ecke stehen.

Er packte den Stuhl und ging damit zum Strand. Er konnte nicht genug bekommen vom Anblick des Meeres, doch immer wieder ging sein Blick zu dem Pfad, zu dem Haus oben auf dem Hügel. War sie wieder da, würde sie kommen? „Peter, mach dich nicht zum Affen", sagte er zu sich selbst.

Den Stuhl ließ er wie im Jahr davor wieder am Strand stehen.

Aber Elena kam nicht, auch die nächsten Tage hielt er umsonst Ausschau. So verging die Zeit wie immer, Besuche bei Freunden, schwimmen und die schönsten Plätze in der Gegend besuchen.

Am letzten Tag seines Aufenthaltes dachte er: „Hol den Stuhl wieder herauf, es wäre schade um ihn." Er ging zum Strand hinunter und konnte schon von weitem sehen, dass jemand auf seinem Stuhl saß. Er begann zu zittern. War das nicht Elena? Ja! Sie saß auf dem Stuhl. Neben ihr hockte ein Mann, und im Wasser spielten zwei Kinder. Als er ganz nahe war, sagte sie – ja, es war Elena, ihre Stimme hätte er aus hunderten herausgehört: „Kaliméra, kírie." – Guten Morgen, mein Herr. „Kaliméra sas", erwiderte Peter ganz irritiert. „Ich wollte nur meinen Stuhl holen", sagte er schnell, um etwas zu sagen. Elena fragte: „Wohnen Sie nicht in dem Bungalow dort?", und zeigte auf Peters Domizil. „Ja", sagte Peter. „Ich habe eine Bitte", sagte sie, „mir gefällt dieser Stuhl ganz besonders, dürfen wir ihn vielleicht behalten? Ich möchte ihn auf unsere Terrasse stellen, wenn das Haus fertig renoviert ist." – „Wir wohnen in Athen", sagte der Mann. „Ich hatte voriges Jahr das Haus dort oben gemietet, und meine Frau verbrachte einige Tage hier. Ihr gefiel es so gut, dass wir es heuer gekauft haben." – „Natürlich", sagte Peter, „obwohl ich besondere Erinnerungen daran habe. Aber ich weiß ihn bei Ihnen in guten Händen."

Sie lachten. Peter verabschiedete sich, reichte zuerst dem Mann die Hand, wie immer noch üblich in Griechenland. Elena küsste er die Hand, und ihre Blicke trafen sich. Wieder spürte er das Feuer ihrer Augen. Hastig sagte er: „Viel Freude mit dem Stuhl!" „Ich werde gut darauf aufpassen, es ist auch für mich ein ganz besonderer Stuhl.", sagte Elena. „Alles Gute für Sie."

Nichts wie weg

Ich hatte mit Herbert gestritten. Wieder ging es nur um Kleinigkeiten. Es wurde mir zu viel. Ich beschloss, für ein paar Tage zu verreisen, um Abstand zu gewinnen. Herbert würde es nicht einmal besonders auffallen, denn in Spanien fand gerade die Fußballweltmeisterschaft 1982 statt. Da saß er ohnehin stundenlang vor der Flimmerkiste.

Ich überlegte, nach Griechenland zu fliegen. Herbert und ich hatten unsere Flitterwochen auf der Insel Kreta verbracht. Schon lange hatten wir dort wieder einmal Urlaub machen wollen. Ich suchte ein nahe gelegenes Reisebüro auf, um mich beraten zu lassen.

Es wurde mir die Insel Rhodos empfohlen.

Eine Woche Rhodos, ein Restplatzangebot. Ich griff zu, ohne lang zu überlegen.

Der Flug ging schon am nächsten Tag um 9 Uhr. Kein Problem, viel brauchte ich nicht zu packen für eine Woche.

Ich rechnete damit, dass es Herbert egal sein würde, aber dass er es so leicht nahm, erstaunte mich dann doch. Gleich nach dem Frühstück, welches stumm verlief wie immer in letzter Zeit, teilte ich Herbert meinen Entschluss mit.

„Wünsche dir schöne Tage", sagte er nur.

„Die werde ich haben", erwiderte ich trotzig.

Der Flug, der knapp zwei Stunden dauerte, brachte mich langsam wieder innerlich zur Ruhe.

Auf Rhodos setzte mich der Bus des Veranstalters bei einem kleinen Hotel ab, das fast direkt am Strand lag. Der Besitzer empfing mich persönlich – freundlich und zuvorkommend. Ich bekam ein Doppelzimmer mit Meerblick.

„Schöner kann man es nicht treffen", sagte ich mir.

Ich bezog mein Zimmer und machte mich auf, die Lage zu erkunden.

Ein herrlicher Strand, nur durch eine schmale Straße vom Hotel getrennt. Jetzt sah ich erst, wo ich gelandet war: an einer 400 Meter breiten Bucht, links und rechts von Bergen begrenzt, weit abseits der Hauptstraße. Blieb noch die Frage, wo sich die nächste Ortschaft befand.

An der Rezeption sagte man mir, dass Lindos, einer der ältesten Orte auf Rhodos, nur 4 km entfernt sei, allerdings müsste ich einen Pfad über den Berg nehmen. Das schmälerte meine Begeisterung ein wenig. Die Hauptstraße, auf der ein Bus fuhr, war ca. 1,5 km vom Hotel entfernt, aber es war keine Busstation in der Nähe. „Na fein, da muss ich mir wohl einen

Leihwagen nehmen", dachte ich. Ich ließ mir ein Taxi rufen, damit ich nach Lindos fahren konnte, um ein Auto zu mieten. Mit dem Taxi war es natürlich ein Katzensprung bis zu dem bezaubernden Örtchen. Allmählich kehrte die Begeisterung zurück. Was für eine herrliche Gegend! Lindos präsentierte sich wie auf einer Postkarte. Weiß gestrichene Häuser, dichtgedrängt an einem Hügel, auf dem eine Akropolis thronte, zu Füßen das tiefblaue Meer.

In Lindos galt Autoverbot. Die engen Gassen und steilen Wege durfte man nur zu Fuß oder auf einem Esel erkunden. Also ließ mich der Taxifahrer an einem kleinen Platz vor der Stadt aussteigen. Sogleich empfing mich ein verzaubernder Duft nach Orangen und Zitronen.

Ich schlenderte durch die Altstadt, und bald entdeckte ich das Schild „Rent a Car". Ich suchte mir einen Kleinwagen aus und hinterlegte die Kaution dafür. Jetzt stand einer Erkundung der Insel nichts mehr im Wege.

Für heute hatte ich allerdings genug. Den Rest des Tages verbrachte ich am Strand vor dem Hotel und genoss die Ruhe.

Am nächsten Tag begann ich meine Entdeckungstour. Stück für Stück erkundete ich die herrliche Insel, speiste in kleinen Tavernen und lernte die Liebenswürdigkeit und Gastfreundlichkeit der Menschen kennen. Vermutlich wegen der Fußball-Weltmeisterschaft waren sehr wenige Touristen unterwegs, was mir nur recht war. Langsam nahte das Ende des Urlaubes, zwei Tage hatte ich noch. Ein letztes Mal fuhr ich auf abenteuerlichen Straßen in die Berge.

In einem kleinen Ort mit einer Kirche, ein paar Häusern und einer Taverne machte ich Rast, um etwas zu trinken.
Da bemerkte ich, wie eine Hochzeitsgesellschaft zur Kirche zog, es waren gut fünfzig bis sechzig Personen.

Neugierig geworden, zahlte ich und ging ebenfalls zu der Kirche. Ich wollte unbedingt die Zeremonie miterleben und betrat die Kirche. Ich stellte mich gleich beim Eingang hinter der Festgesellschaft auf.
Es war faszinierend, das alles zu beobachten, der Duft von Weihrauch und der warme Schein vieler Kerzen erzeugten eine Stimmung, welche mich etwas wehmütig an meine eigene Hochzeit denken ließ.

Natürlich blieb ich als Fremde nicht lange unbemerkt. Ich wurde neugierig gemustert. Besonders ein Mann fiel mir auf, der sich immer wieder nach mir umdrehte.

Den Auszug der Brautleute wollte ich unbedingt mit der Kamera festhalten. Ich verließ vorzeitig die Kirche, um mich vis-à-vis vom Eingang zu positionieren.

Während die Hochzeitsgesellschaft an mir vorbei zog, löste sich ein Mann daraus und kam auf mich zu.

„Darf ich fragen, woher Sie kommen?", fragte er mich auf Englisch.

„Ich bin aus Österreich und mache hier Urlaub", erwiderte ich. „Ah, aus Österreich", sagte er gleich auf Deutsch. „Wo wohnen Sie hier auf Rhodos?"

„Im Hotel Marina bei Lindos", antwortete ich. „Darf ich Sie zu unserer Hochzeit einladen? Ich bin Vasilis, der Vater der Braut", stellte er sich vor.

„Vielen Dank, gerne nehme ich Ihre Einladung an", antwortete ich. „Ich heiße Herta", ergänzte ich.

Ich schloss mich den Hochzeitsgästen an, und wir kamen in ein typisches griechisches Bauernhaus, wo im Garten die Tafel aufgebaut war. Ein Lamm drehte sich am Spieß, über einem zweiten Grill daneben rotierte ein Spanferkel, um schön knusprig zu werden. Der Hausherr stellte mich dem Brautpaar vor.

Die Unterhaltung war etwas schwierig, manchmal musste Vasilis aushelfen, aber mit Händen und Füßen kamen wir zurecht, und sie verstanden meine Glückwünsche.

„Fühlen Sie sich wie zu Hause und genießen Sie das Fest", sagte Vasilis. Nun, anfangs kam ich mir etwas verloren vor, machte aber alles, was die anderen auch taten. Ich lud mir einige der Köstlichkeiten auf einen Teller und suchte einen Platz an der Tafel.

Da fiel mir der Mann auf, der sich schon in der Kirche ab und zu nach mir umgedreht hatte. Etwas angegraute Haare und dunkle Augen, deren Blick mich faszinierte. Langsam kam er auf mich zu und sagte etwas auf Griechisch. „Ich bin auf Urlaub hier, ich komme aus Österreich, und ich wurde freundlicherweise eingeladen", sagte ich, ohne viel Hoffnung, dass er mich verstand.

„Ich heiße Jorgos", sagte er fast ohne Akzent. „Sie sprechen Deutsch?", fragte ich erstaunt.

„Ich habe in Deutschland studiert", sagte er. „Wie heißen Sie?"

„Herta", stellte ich mich vor.

Jorgos wich nicht mehr von meiner Seite. Froh, jemanden getroffen zu haben, mit dem ich mich unterhalten konnte, begann ich, das Fest zu genießen. Die Gäste wurden immer ausgelassener, sie sangen und tanzten. Jorgos zog mich in seinen Bann, so höflich und zuvorkommend war schon lange kein Mann mehr zu mir gewesen. Ich musste überall mitmachen, und die Gedanken an die täglichen Sorgen und Streitereien daheim rückten immer weiter weg. Ich vergaß alles, ich wollte einfach ich sein und nur genießen.

Ich bemerkte, wie mir der Wein zu Kopf stieg. „Ich muss zurück ins Hotel, es ist schon spät", sagte ich zu Jorgos.

Wie durch eine Nebelwand hörte ich seine Stimme. „So kannst du nicht mehr fahren, ich bringe dich mit deinem Auto zurück zum Hotel."

Ich erwachte halb ausgezogen. Es war Morgen. Ich lag in meinem Bett. Mein Kopf hämmerte wie verrückt. Was war geschehen? Ich erinnerte mich nicht. Mit Mühe kam ich auf die Füße. Es dauerte eine Weile, bis ich mich überhaupt zurechtfand. Ich war gestern mit dem Auto unterwegs gewesen, das wusste ich noch. Ein Blick aus dem Fenster – ja, das Auto stand da, wo ich immer parkte.

Ich suchte meine Tasche und die Autoschlüssel. Sie lagen auf dem Tisch.

Auch Pass und Führerschein waren da, Gott sei Dank. Ich verwahrte sie separat in einem Etui. Aber die Geldbörse war weg. Blitzartig war ich wach und nüchtern. Ich lief zum Auto hinunter, um zu sehen, ob ich die Börse nicht vielleicht fallen gelassen hatte. Nichts, im Auto sah ich sie nicht. Ich überlegte fieberhaft.

Was war gestern geschehen? In kleinen Bruchstücken kam die Erinnerung zurück. Ich war in die Berge gefahren, man hatte mich zu einer Hochzeit eingeladen. Ich hatte einen

Mann kennengelernt und einen wunderbaren Abend lang mit ihm gefeiert. War da mehr gewesen? Aus, Filmriss, keine Ahnung, wie es weitergegangen war. „Herta, ganz ruhig", sagte ich mir. Zur Rezeption zu gehen und zu sagen, mir fehle Geld, erschien mir sinnlos. Ich wusste ja nicht einmal, wann und wie ich heimgekommen war. Die würden nur die Polizei rufen – was sollte ich denn dort angeben? Der Reisebetreuerin schildern, was passiert war? Nein, ehrlich, ich schämte mich auch für meine Dummheit. Irgendwie musste ich jedoch zu Geld kommen. Die zusätzlichen Ausgaben im Hotel und das Mietauto waren morgen zu bezahlen. Sicher würde es weitere Ausgaben geben, immerhin blieben noch zwei Tage bis zur Abreise. Ich hatte nur Bargeld mitgenommen, und das war alles in der Geldbörse. Ich hatte weder Reiseschecks noch sonstige Zahlungsmittel.

Mich fröstelte. Der Urlaub war zu Ende. Erst einmal musste ich Zeit gewinnen. Von der Rezeption aus rief ich die Reisebetreuerin an und fragte sie, ob es möglich sei, den Heimflug zu verschieben.

Rhodos wurde zweimal in der Woche angeflogen. Sie würde sich erkundigen und zurückrufen, erklärte sie. Nach kurzer Zeit kam der Rückruf, dass ich drei Tage später fliegen könne. Sie würde vorbeikommen und sich das Ticket holen, sagte sie, ich solle am Tag der ursprünglichen Abreise am Flughafen sein und dort das neue Ticket abholen. Nun konnte ich wenigstens in Ruhe überlegen.

Ich musste Herbert anrufen. Es war nicht zu vermeiden, auch wenn mir flau im Magen wurde.

Wie würde er reagieren? Was sollte ich ihm überhaupt sagen? Aber es musste sein. Als ich die vertraute Stimme am Telefon hörte, war mir plötzlich klar, dass ich Herbert die Wahrheit sagen musste – na ja, vielleicht nicht die ganze.

„Ich werde drei Tage später zurückkommen, ich habe ein großes Problem. Ich habe kein Geld mehr. Erkundige dich bitte bei der Bank, wie ich hier schnellstens zu Geld komme." Nichts rührte sich.

„Herbert, hörst du mich?" – „Ja", sagte er zögernd. Und dann: „Wo bist du überhaupt?"

„Ich bin auf Rhodos im Hotel Marina, bei Lindos."

„Gib mir die Telefonnummer, ich rufe zurück", sagte er in einem barschen Ton.

Ich war trotzdem erleichtert, nicht mehr alleine mit meinem Problem zu sein. Die Minuten dehnten sich zu Ewigkeiten, während ich auf seinen Anruf wartete.

„Ein Anruf für Sie", rief die Dame von der Rezeption. „Pass auf, ich komme morgen um 19 Uhr in Rhodos an. Hol mich vom Flughafen ab."

„Was, wie ...?", stotterte ich.

„Alles andere morgen. Tschüss", sagte Herbert und legte auf.

Ich war wie gelähmt. „Kommt da noch ein Problem auf mich zu?", dachte ich.

„Mein Mann kommt morgen", erklärte ich an der Rezeption.

Mit einem unguten Gefühl fuhr ich am nächsten Tag zum Flughafen. Mit weichen Knien stand ich in der Empfangshalle. Da kam Herbert. Ich winkte zögerlich, er schaute ziemlich mürrisch drein.

Er fragte: „Hast du ein Auto?"

Ich bejahte.

„Dann lass uns fahren. Ich bin hundemüde."

Die ganze Strecke bis zum Hotel sagte er kein Wort. Meine Gedanken fuhren Ringelspiel.

Da ich ein Doppelzimmer hatte, konnte ich Herbert bei mir unterbringen. Als er geduscht hatte und aus dem Fenster sah, staunte er, genau wie ich bei der Ankunft, über die herrliche Lage des Hotels.

Ich wartete ängstlich auf die Frage, wieso ich kein Geld mehr hätte, aber sie kam nicht. Nicht an diesem Tag, nicht an den nächsten. Er bat mich, mit ihm an den Strand zu gehen. Wir standen beide da, ohne ein Wort zu wechseln, und blickten auf das Meer.

Plötzlich drehte er sich zu mir, nahm mich in die Arme und küsste mich. Ich war ganz verdattert.

„Herta, wir haben schon so lange keinen gemeinsamen Urlaub gehabt, lass uns eine Woche hier bleiben. Ich liebe dich, mein Schatz!" Ich fiel aus allen Wolken. Hatte ich richtig gehört? Wie lange hatte er das nicht mehr gesagt!

„Ich liebe dich auch", flüsterte ich ihm ins Ohr. Ich war noch immer etwas irritiert.

Herbert war begeistert von der Insel. Ich musste ihm all die schönen Plätze zeigen, die ich besucht hatte. Immer wieder betonte er, wie schön es früher gewesen war, als wir gemeinsam Urlaub machten. Auch meine Gedanken wanderten immer wieder zurück zur Erinnerung an diese schönen Zeiten ohne Streit und Zank. Vor einem Parkplatz hoch über dem Meer bat er mich plötzlich anzuhalten. Er ließ mich fahren – „Du kennst dich hier ja besser aus", fand er, in Wahrheit fuhr er nicht gerne Auto und setzte sich nur ans Steuer, wenn es nicht anders ging.

„Ist dieser Ausblick nicht traumhaft schön?", meinte er.

„Ja", erwiderte ich. Herbert schob den Sitz nach hinten, um besser aussteigen zu können. Dann sagte er erstaunt: „Was liegt denn da unten? Ist das nicht deine Geldbörse?" „Das gibt es ja nicht", schrie ich auf. „Ich dachte, ich hätte sie irgendwo verloren oder sie wäre mir gestohlen worden." Überglücklich umarmte ich Herbert.

Plötzlich fiel mir ein, dass ich ja auf dem Beifahrersitz gesessen war, als mich Jorgos zum Hotel brachte, da musste sie mir wohl hinuntergefallen und unter den Sitz gerutscht sein. Dort hatte ich in meiner Panik nicht nachgesehen.

Wie zwei junge Teenager schmusten wir auf einem Parkplatz in Griechenland hoch über dem Meer.

Vergessen waren die herumliegenden Socken, vergessen das Nörgeln beim Essen, das Sich-Anschweigen beim Frühstück, all die tausend Kleinigkeiten zuhause.

Mir war plötzlich klar, dass ganz andere Dinge wirklich wichtig waren im Leben.

Es waren die schönsten acht Tage seit langer Zeit.

Zakynthos

Das Festland hatte ich schon viele Jahre bereist und wollte unbedingt auch einmal eine griechische Insel kennenlernen. Bekannte erzählten mir, wie schön es auf Zakynthos sei. Also beschloss ich, für eine Woche nach dorthin zu fliegen. Beim Studium der Reiseprospekte hatte ich gelesen, dass Zakynthos schon sehr vom Tourismus in Beschlag genommen sei. Vor allem Engländer seien sehr zahlreich vertreten. Doch ich fand ein Hotel, das meinen Vorstellungen entgegenkam: Nicht zu groß – 60 Zimmer – und etwas abseits vom Strand. Besonders wichtig war mir, dass es weit weg war von den Vergnügungsmeilen. Zwei Tage später landete ich nach einem ruhigen Flug auf Zakynthos. Im Hotel fand ich mich zunächst in der Reihe von Neuankömmlingen, die an der Rezeption zum Einchecken anstanden. Schließlich dauerte es mir zu lange, ich genehmigte mir erst einmal ein Bier an der Hotelbar. Als die Rezeption leer war, checkte auch ich ein und bekam den Schlüssel zu einem Einzelzimmer im Erdgeschoss. Als die Tür aufging, traute ich meinen Augen nicht. Der Raum hatte etwa 8 Quadratmeter und ein kleines Fenster, aus dem man direkt in das angrenzende Grundstück auf eine Mauer blickte. „Das geht aber gar nicht, hier eine Woche zu wohnen", stellte ich fest. Sofort ging ich zum Empfang zurück und beschwerte mich in meinem besten Griechisch. „Ich verstehe Sie nicht", sagte die Rezeptionistin auf Englisch. Ich hatte nicht bemerkt, dass das Personal inzwischen gewechselt hatte. Die Dame, die mir das Zimmer gegeben hatte, hatte griechisch gesprochen. „Ich möchte sofort mit dem Chef reden", sagte ich.

Der Chef hörte sich meine Beschwerde an, lud mich auf einen Kaffee ein und gab mir den Schlüssel zu einem Zimmer im 2. Stock. Ich schloss die Tür auf und war angenehm überrascht. Ein bequemes Doppelzimmer mit einem kleinen Balkon, der einen fantastischen Ausblick bot. Eine kleine Nebenstraße führte vom Hotel über einen Hügel, dahinter blitzte schon das Meer hervor. An diesen Strand kämen die bekannten unechten Karettschildkröten - Caretta caretta - immer zwischen Mai und September zur Eiablage an Land, las ich im Prospekt. Es war jetzt erst Ende April, aber vielleicht konnte ich dieses Naturereignis doch schon miterleben. Für heute war nur mehr der Besuch einer Taverne vorgesehen. Gebucht hatte ich die Nächtigung mit Frühstück. Mittag- und Abendessen nahm ich meistens auswärts ein, um Land und Leute besser kennenzulernen.

Vis-à-vis vom Hotel befand sich eine kleine Taverne. Als ich sie betrat, wurde ich sofort von einem Kellner auf Englisch mit „Hello" begrüßt. Ich nahm etwas irritiert an einem Tisch Platz und studierte die Speisekarte. Ich konnte es nicht glauben — sie war nur auf Englisch und Deutsch geschrieben. Wenn ich nach Griechenland kam, sprach ich grundsätzlich nur griechisch. Ich ahnte schon, was jetzt passieren würde. Ich sagte zum Kellner: „Mia merida Saganaki, parakolo, kai mia bira". Der Kellner schaute mich groß an. Er nahm die Karte, und ich sollte ihm zeigen, was ich meinte.

Ich zeigte in der Karte auf gebackenen Ziegenkäse mit Oliven, das Wort "bira" für Bier dürfte er verstanden haben. Als er das Essen brachte, fragte ich ihn, ob ich den Besitzer sprechen könnte. Nach einer Weile kam eine Frau. Sie fragte auf Englisch, ob etwas nicht in Ordnung sei. Ich fragte sie, ob sie Griechin sei: „Iste Ellenida?" Sie antwortete: „Sorry, I don't understand." „Wieso sprechen Sie nicht griechisch?", fragte ich. „Ich bin Engländerin und habe diese Taverne nur über den Sommer gepachtet", sagte sie. Jetzt war mir alles klar. „Na, hier komme ich bestimmt nicht mehr her", dachte ich. Wenn ich schon in Griechenland war, wollte ich wenigstens in einer griechischen Taverne essen. Es schien wirklich so zu sein, dass die Insel fest in englischer Hand war. Aber ich musste gestehen, der gebackene Käse schmeckte vorzüglich.

Am nächsten Morgen war ich schon früh auf den Beinen. Das Frühstücksbuffet war ab 7.30 Uhr geöffnet. Im Zimmer hatte ich gelesen, dass das Frühstück in einem Pavillon neben dem Pool eingenommen werden konnte. „Ich werde vorher noch ein wenig die Gegend erkunden", sagte ich zu mir und ging zum Strand. Kein Mensch weit und breit, das Meer war spiegelglatt, ganz leise züngelten die Wellen an den feinen Sandstrand. Nachdem ich einige Minuten herumspaziert war, machte sich Hunger bemerkbar. Ich ging zum Hotel zurück.

Nach dem Frühstück mietete ich an der Rezeption ein Auto für die ganze Woche, um die Insel ein wenig zu erkunden.

Zakynthos war ja nicht sehr groß, also schien es kein Problem zu sein, in einer Woche einen Überblick zu bekommen. Zum Mietwagen bekam ich auch eine Karte mit den Sehenswürdigkeiten und eine Straßenkarte. Ich nahm mir vor, jeden Tag ein Stück davon kennenzulernen. Zunächst fuhr ich in das Landesinnere und besuchte kleine Dörfer in den Bergen abseits der Touristenpfade. Ich entdeckte auch herrliche Buchten und Strände, welche aber oft nur zu Fuß auf schmalen Pfaden erreichbar waren. Der Sonnenuntergang bei Kampi, einem Dorf auf einem kleinen Bergrücken, war ein besonderes Erlebnis. Schmale Wege führten zur Steilküste, wo sich einige Tavernen befanden. Allerdings, hier war der Massentourismus angekommen. Die Leute stellten schon am Nachmittag ihre Liegestühle vor die Tavernen und entlang der Wege auf, um den besten Blick zu haben, wenn am Abend die Sonne im Meer versank.

Bei all meinen Fahrten fiel mir der Unterschied zu den Dörfern auf dem Festland sofort auf. Zakynthos war 1953 von einem schweren Erdbeben heimgesucht worden. Dieses Erdbeben und ein darauf folgendes Feuer hatten fast 95 Prozent aller Gebäude vernichtet. Die Häuser und Straßen waren wiederhergestellt, aber eben etwas moderner. So lernte ich nach und nach die Schönheiten der Insel kennen. Bevor ich den Wagen zurückgeben musste, denn mein Urlaub ging zu Ende, überprüfte ich noch einmal auf der Karte, was ich noch nicht gesehen hatte.

Die „Wrackbucht" – auch „Schmugglerbucht" genannt – war noch nicht abgehakt. Es war angeblich ein Schmugglerschiff, das auf der Flucht vor der Küstenwache aufgrund eines Maschinenschadens hier gestrandet war. Die Bucht mit dem verrosteten Schiffswrack auf dem blütenweißen Sandstrand zählte zu den am häufigsten fotografierten Sehenswürdigkeiten der Insel. Also machte ich mich dorthin auf. Eine kurvenreiche Straße führte mich immer höher und höher in die Berge. Eine Taverne am Straßenrand bot sich an, eine Pause einzulegen, um etwas zu trinken.

Ein Blick auf die Karte zeigte mir, dass es von hier nicht mehr weit war zu einer kleinen Bucht, von der Boote zur berühmten Wrackbucht fuhren, die nur vom Meer aus erreichbar war. Es waren noch ungefähr 20 Kilometer auf einer schmalen Straße. Dort angekommen, sah ich ein Boot im Hafen liegen und eine Hütte am Strand, wo man Getränke kaufen konnte. Auf dem Boot arbeitete ein Mann, vermutlich der Kapitän. Ich rief hinüber, ob er mich zur Bucht bringen könne.

„Ja, wenn genügend Leute beisammen sind", rief er. Ich bestellte mir einen Kaffee und wartete. Nach ungefähr einer halben Stunde waren noch immer keine Leute gekommen. Ein Blick auf die Karte verriet mir, dass in einer anderen Bucht ebenfalls Fahrten angeboten wurden. „Bevor ich hier herumsitze und warte, kann ich es ja dort versuchen", dachte ich.

Also machte ich mich auf den Weg dorthin, wieder ca. 20 Kilometer den Berg hoch und dann wieder hinunter zur nächsten Bucht. Hier bot sich ein ähnliches Bild, zwei Boote lagen vor Anker und eine kleine Taverne stand am Strand, die aber geschlossen war. Ein Mann arbeitete in der Nähe. „Gibt es hier Fahrten zu dem Wrack?", fragte ich. „Ja, wenn genügend Leute beisammen sind." Die Antwort kannte ich schon. Wieder verging gut eine halbe Stunde, und niemand kam. Jetzt wurde es mir zu dumm. Ich fuhr wieder zur ersten Bucht in der Hoffnung, dass sich dort schon einige Leute versammelt hätten. Alles war noch so, wie ich es verlassen hatte. Jetzt war ich so weit herumgefahren und sollte unverrichteter Dinge wieder umkehren? Ich beschloss, mit dem Kapitän zu reden. „Wie viele Personen müssen es denn sein, bis Sie fahren?", fragte ich. „Mindestens zehn", sagte der Kapitän.

„Mensch, da sitze ich ja morgen noch da", dachte ich. Auf einer Tafel las ich, der Fahrpreis betrage pro Person 1000 Drachmen – ungefähr 25 Schilling. Jetzt versuchte ich zu han-

deln. „Ich biete Ihnen 5000 Drachmen, fahren wir dann?",
fragte ich.

Doch der Kapitän war nicht begeistert und lehnte ab. Ich
kaufte mir ein Bier und gab die Hoffnung auf, heute noch zu
dem Wrack zu kommen. Nachdem ich ausgetrunken hatte,
wollte ich zum Auto gehen, als der Kapitän herüberrief.

„Pame!" – Los, gehen wir! Ich lief zum Boot, der Kapitän startete, und los ging's. Es war fantastisch, das ganze Boot nur für
mich zu haben. Als wir den schützenden Hafen verließen und
auf das offene Meer kamen, war ein ordentlicher Wellengang
spürbar. Das kleine Boot tanzte wie eine Nussschale auf den
Wellen.

Die Fahrt zur Schmugglerbucht dauerte rund eine halbe Stunde. Dort befand sich inzwischen eine große Zahl von Booten
mit Besuchern, die von den diversen Hotels kamen, die Fahrten zur Bucht anboten.

Der Kapitän fragte mich, ob ich an Land gehen wolle. Als ich
die Massenansammlung dort sah, verneinte ich, fotografierte
das Wrack noch schnell, und der Kapitän steuerte das Boot
wieder aufs offene Meer hinaus. Bei der Hinfahrt hatte ich
einige Höhleneingänge am Steilufer gesehen. „Wäre toll, da
hineinzufahren", dachte ich. Als ob der Kapitän meine Gedanken erraten hätte, steuerte er das Boot in eine solche
Höhle. Ein unglaublicher Anblick bot sich hier. Die Höhle war

so groß, dass das Boot darin spielend wenden konnte. Noch zwei von diesen Höhlen besuchten wir. Als wir wieder im Hafen waren, bezahlte ich die vereinbarten 5000 Drachmen und wollte mich verabschieden, als der Kapitän fragte: „Trinken wir noch ein Bier?" „Gerne", sagte ich. Wir plauderten, er fragte, woher ich käme, wo ich wohnte und wieviel ich schon gesehen hätte von der Insel.

„Die meisten Sehenswürdigkeiten habe ich jetzt gesehen. Morgen werde ich noch die Innenstadt und den Hafen von Zakynthos besuchen", erzählte ich. Der Kapitän fragte, inzwischen hatten wir uns vorgestellt: „Kennst du auch schon die echte Musik von Zakynthos, Karolos?" „Nein, Kostas", erwiderte ich.

Ich hatte im Reiseführer einiges darüber gelesen. Die Musik auf Zakynthos war sehr von der italienischen Musik beeinflusst. Das hing mit der Geschichte von Zakynthos zusammen. Hier war die erste Musikschule Griechenlands entstanden, berühmte Dichter und Komponisten stammten von hier. Kostas lud mich ein, am Abend in die Stadt zu kommen, und gab mir die Adresse einer Schule. Hier trafen sich regelmäßig einige Sänger und Musiker, zu denen auch Kostas gehörte, zur Probe.

Am Nachmittag fuhr ich in die Stadt, um mich vorher ein wenig umzusehen. Ich suchte das Denkmal vom Dichter Dionysios Solomos (1798 – 1857), Zakynthos' berühmtestem Sohn. Dieser war auch maßgeblich an der Entstehung der neugriechischen Sprache beteiligt gewesen. Sein Gedicht „Hymne an die Freiheit" wurde zum Text der griechischen Nationalhymne. Besonders diese Zeilen zeigten mir die wunderbare Sprache des Dichters:

Ja, ich kenn' dich an der Klinge

deines Schwerts, so scharf und blank,

wie auf diesem Erdenringe

schreitet dein gewalt'ger Gang.

Die du aus der Griechen Knochen

wutentbrannt entsprossen bist,

die das Sklavenjoch zerbrochen,

holde Freiheit, sei gegrüßt!

(nicht exakt wörtlich übersetzt)

Etwas müde geworden, setzte ich mich in ein Kafenion. Jetzt hatte ich auch eine Insel kennengelernt, und meine Liebe zu diesem Land wurde noch stärker. Wenn ich zuhause sein werde, wird die Sehnsucht wieder da sein, nach Griechenland zu reisen. Der Gedanke an Solomos war es vermutlich, der mich dazu anregte, Papier und Stift zu nehmen und eine Liebeserklärung an Griechenland zu schreiben.

Sehnsucht

Ich sehne mich nach dir

nach dir, mein geliebtes Griechenland,

nach den Wellen des Meeres

und ihrem Wiegenlied.

Ich sehne mich nach deinen Inseln,

den Inseln wie Perlen auf blauem Samt.

Ich sehne mich nach dir,

nach dir, wo ich die Freiheit spüre,

nach den Menschen und ihren Liedern,

den Liedern, die mich beglücken.

Ich sehne mich nach den Bergen,

den Bergen, wo einst die Götter wohnten.

Ich sehne mich nach dir,

nach dir, meine Geliebte,

nach den leuchtenden Augen,

den Augen, die mich verbrennen.

Ich sehne mich nach deinen Lippen,

den Lippen, die mich küssen.

Ich sehne mich nach dir,

nach dir und dem Wein, der selig macht,

nach dem Duft des Hafens,

des Hafens, wo weiße Boote schaukeln.

Ich sehne mich nach dir,

nach dir, mein geliebtes Griechenland.

Die Zeit, die mir Kostas angegeben hatte, war schon über-
schritten, als ich die Schule fand. Ein Männerchor mit Mando-
linen und Gitarren als Begleitung, darunter Kostas als Sänger,
begann gerade mit der Probe. Ich kannte von meinen vielen
Reisen schon Musik aus verschiedensten Gegenden in Grie-

chenland. Aber hier hörte ich etwas Neues, Fremdes und Faszinierendes.

Die Musik, dazu die griechischen Texte, ich war hingerissen. So etwas hatte ich noch nie gehört. Nach etwa einer Stunde war die Probe zu Ende, offenbar zur Zufriedenheit des Chorleiters. Mir war schon bekannt, dass der Liedgesang hier eine große Rolle spielte. Die Sprechgesänge der berühmten Zakynthischen Serenaden wurden sehr gepflegt. Diese Kantaten waren eine besondere Liedform, die sich wesentlich von den Volksliedern des Festlandes oder der Ägäischen Inseln unterschieden, wie mir der Chorleiter nochmals darlegte. Sie wurden vielstimmig als Männerchor gesungen. Nach der Probe, wurde mir gesagt, gab es immer ein gemütliches Beisammensein in einer nahegelegenen Taverne, dazu wurde ich herzlich eingeladen.

Es wurde spät, und ich hatte noch einen weiten Weg bis zu meinem Hotel. Ich bedankte mich für die Gastfreundschaft und die Einladung zur Musikprobe. „Morgen ist leider mein letzter Tag hier", sagte ich. Alle wünschten mir eine gute Heimreise, und ich solle bestimmt wiederkommen. Kostas hatte mir noch seine Telefonnummer gegeben mit den Worten: „Melde dich, wenn du wieder einmal auf Zakynthos bist!" – „Ja, das mache ich bestimmt, Kostas", und ich bedankte mich herzlich. In Gedanken versunken und die Melodien noch im Ohr, ging ich zu meinem Auto zurück, welches ich einige Straßen weiter abgestellt hatte. Aber der Platz, den ich in Erinnerung hatte, war leer. Ich hatte es doch genau hier vor dem Supermarkt abgestellt. Mir wurde heiß und kalt. Wo war das Auto? Ich lief die Straße hinauf und hinunter, suchte auch in den Nebengassen, aber von meinem Auto keine Spur. „Ich bin doch nicht blöd", sagte ich zu mir. Wo ich auch suchte, das Auto blieb verschwunden. Ich ging zurück in das Lokal, wo die anderen alle noch beisammen saßen. „Vielleicht kann mir Kostas helfen", dachte ich. „Kostas, mein Auto ist weg", sagte ich. „Wie, weg?", fragte er. Ich erklärte, wo ich es abgestellt hatte, und dass es dort nicht mehr stand. Jetzt wurde mir erst so richtig bewusst, was hier geschehen war. Mein Mietauto war weg, die Wagenpapiere im Auto, somit hatte ich nichts in der Hand.

Kostas bot sich an, mich ins Hotel zu fahren. Aber er schlug vor, zuerst zur Polizei zu gehen. „Damit du eine Meldung machen kannst. Sicher ist sicher." Auf der Polizeistation wurden meine Daten aufgenommen. Zum Glück hatte ich meinen Reisepass und den Führerschein bei mir. Ich musste angeben, wo ich das Auto abgestellt hatte.

„Komm, jetzt beruhige dich! Wir gehen noch etwas trinken, dann fahre ich dich ins Hotel", meinte Kostas. Die Musiker waren noch alle anwesend. Natürlich war mein Malheur das Gesprächsthema. Richtige Freude hatte ich nicht, aber die anderen rissen mich schließlich mit ihren Erzählungen von komischen eigenen Missgeschicken aus meinen trüben Gedanken, wir lachten und scherzten.

Ich wartete schon lange darauf, dass Kostas endlich aufbrach, doch der machte dazu keine Anstalten. Ihn aufzufordern wäre auch nicht sehr höflich gewesen. Also blieb ich, wenn auch ungern. Nach ungefähr zwei Stunden, es war inzwischen weit nach Mitternacht, kam ein Polizist und fragte nach mir. „Wir haben Ihr Auto gefunden", verkündete er. „Wo?", fragte ich sofort, und auch die anderen waren gespannt. „Wo Sie es abgestellt hatten, in der Stefanou-Straße vor einem Supermarkt", antwortete der Polizist.

„Das gibt es doch nicht!", sagte ich erstaunt.

Der Polizist bat mich, mitzukommen, um mich an Ort und Stelle davon zu überzeugen. Wir gingen sofort los; auch Kostas kam mit, sollte es Sprachprobleme geben. Das Auto stand tatsächlich genau dort vor dem kleinen Supermarkt, wo ich es geparkt hatte.

Der Polizist bat mich, es aufzusperren, damit er die Papiere überprüfen konnte. „Alles in Ordnung", meinte er dann. Ich musste ein Protokoll unterschreiben, und der Polizist wünschte mir noch eine gute Fahrt.

„Kostas, das verstehe ich nicht", sagte ich. „Ich verstehe es nicht!" Irgendetwas irritierte mich. Aus irgendeinem Grund hatte ich das Gefühl, das Auto könne noch nicht lange da stehen. Kostas legte seine Hand auf die Motorhaube. „Die ist ja noch ganz warm", staunte er. Plötzlich hielt ein Streifenwagen neben uns, und der Polizist, der eben hier gewesen war, stieg aus. Er erzählte uns, sie hätten eben zwei junge Männer erwischt, welche ein Auto stehlen wollten. Diese hätten gestanden, in dieser Nacht schon drei Autos für kurze Spritztouren entwendet zu haben – vornehmlich Mietautos, darunter auch meines.

Mir wurde die Sache unheimlich. Aber ich hatte das Auto wieder und fuhr, nachdem ich mich endgültig von Kostas verabschiedet hatte, sehr nachdenklich in mein Hotel. Am nächsten Morgen wollte ich bei der Rezeption meine Erlebnisse schildern. „Wir haben schon gehört von Ihren Unannehmlichkeiten", sagte die griechische Dame am Empfang. Und bedauerte den Zwischenfall sehr.

Ich gab das Mietauto zurück, samt dem Polizeiprotokoll.

Ein schöner, interessanter, aber am Ende auch spannender Urlaub ging damit zu Ende.

Versprochen ist versprochen

Als Belohnung für sein gutes Jahreszeugnis lud ich meinen Enkel Philipp – er wurde gerade 12 Jahre alt –, für eine Woche auf die Insel Rhodos ein. Da ein Freund von mir in Faliraki Apartments und einen Supermarkt besaß, war kein Problem zu erwarten, zu einem späten Termin Ende August dort ein Zimmer zu bekommen. Philipp genoss seinen ersten Flug, und beim Taxistandplatz vor dem Flughafen auf Rhodos erfuhr er auch erstmals, was südländisches Temperament bedeutete. Fünf Taxis warteten auf Fahrgäste. Die Fahrer der ersten beiden Wagen standen wild gestikulierend und schreiend vor ihren Autos.

„Opa, warum streiten die beiden Männer so?", fragte er mich. Ich erklärte ihm, was ich mit meinen Griechischkenntnissen mitbekommen hatte, dass es darum ging, wer den nächsten Fahrgast aufnehmen dürfe. „Komm, Philipp, wir gehen zum letzten Taxi", sagte ich amüsiert. Der Fahrer saß im Wagen und las in Ruhe seine Zeitung. Als er uns kommen sah, stieg er aus und lud unser Gepäck in den Kofferraum.

„Wohin?", fragte er. „Flame Lily, Faliraki", antwortete ich. Als wir losfuhren, stritten die beiden Taxifahrer noch immer, doch als wir in ihrer Nähe kurz anhalten mussten, gingen sie gemeinsam auf unseren Fahrer los. Der lachte nur und fuhr

mit uns davon. Mein Freund erwartete uns bereits und winkte schon von weitem. Nach einer herzlichen Begrüßung und
einem Ouzo für mich und einer Limo für Philipp bezogen wir
unser Apartment.

Am nächsten Morgen, während ich das Frühstück bereitete,
studierte Philipp die Karte von Rhodos, welche ich von frühe-
ren Aufenthalten auf der Insel noch hatte und auf der die
schönsten Strände und Orte markiert waren. „Opa, fahren wir
zur Gennadi-Bucht?", fragte er. „Klar, wenn du möchtest",
sagte ich.

Mein Freund hatte inzwischen den Supermarkt aufgesperrt
und wollte wissen, wo wir hinfahren würden. „Nach Gennadi.
Ich muss aber noch ein Auto mieten", sagte ich. „Du brauchst
doch keinen Mietwagen, nimm mein Auto", bot er mir an.
„Ich bin ohnehin den ganzen Tag im Supermarkt beschäftigt."

Es waren ungefähr 50 km bis zur Gennadi-Bucht. Philipp
wusste schon aus meinen Erzählungen, wie schön der Strand
und die Tavernen dort waren. Eine bestimmte Taverne besuchte ich immer, wenn ich auf Rhodos war. Mit dem Besitzer
verstand ich mich sehr gut. Es gab dort die besten und größ-
ten Calamares. Die Taverne befand sich direkt am Strand. Als
wir in Gennadi ankamen, war noch alles ruhig. Kein Mensch
war am Strand zu sehen, die Taverne war noch geschlossen.
Philipp konnte es kaum erwarten, ins Wasser zu springen.

„Opa, wo kann ich mich umziehen?", fragte er mich. „Geh auf das WC", erwiderte ich. Die Toilette der Taverne war von außen frei zugänglich. Doch schon nach wenigen Sekunden war er wieder draußen. „Das sieht ja fürchterlich aus, da ziehe ich mich nicht um ", sagte er. Ich warf einen Blick in das WC und prallte zurück. Nun war uns beiden die Lust aufs Schwimmen vergangen.

Ich war entsetzt und verstand es nicht, hier war immer alles so sauber und ordentlich gewesen. Wir beschlossen, woandershin zu fahren.

Als ich das Auto startete, sprang der Motor nicht an. Ich öffnete die Motorhaube, um nachzusehen, wo der Fehler liegen könnte. In diesem Moment fuhr ein Auto vor, und der Besitzer der Taverne stieg aus.
Die Wiedersehensfreude war groß, wir begrüßten uns herzlich. Als ich ihn darauf ansprach, dass sich hier offenbar einiges zum Schlechteren entwickelt habe, erzählte er mir, er habe die Taverne verkauft. Über den neuen Besitzer habe es schon öfter Beschwerden gegeben. „Was ist los mit deinem Auto?", fragte er. „Keine Ahnung", erwiderte ich. „Ich fahre ins Dorf und hole einen Mechaniker", meinte er.

Es war zwar Sonntag, aber in Griechenland nahm man es nicht so genau, wenn ein Geschäft winkte. Nach kurzer Zeit kam er mit dem Mechaniker zurück, und nach eingehender

Prüfung meinte dieser: „Die Batterie ist leer und die Lichtmaschine arbeitet nicht richtig." „Das auch noch", dachte ich. Mit Hilfe der Batterie meines Bekannten brachten wir das Auto wieder in Gang. Auf meine Frage, was ich schuldig sei, bekam ich zur Antwort: „Nichts. Kommt einfach gut wieder nach Hause." Das gelang uns auch, nach einer herzlichen Verabschiedung. Ich vermied es tunlichst, den Motor abzustellen. Mein Freund bedauerte das Malheur und entschuldigte sich, aber er hatte vorher nie Probleme gehabt.

In Rhodos Stadt waren die Werkstätten am Sonntag natürlich geschlossen. Montag in aller Frühe kam ein Bekannter meines Freundes. Mit seiner Hilfe starteten wir das Auto wieder und fuhren in die Stadt zu einer Fachwerkstätte. Philipp wollte unbedingt mitkommen, was ich gut verstand – wir Männer und unsere Autos.

Der Mechaniker bestätigte die Diagnose des Kollegen aus Gennadi. Die Lichtmaschine musste ausgebaut werden. Damit gab es ein zusätzliches Problem, denn bei diesem Modell von Chevrolet war die Lichtmaschine nicht so leicht auszubauen. Die Halbachsen waren im Wege und noch einige andere Teile. Nachdem wir fast vier Stunden in der kleinen Werkstatt am Hafen von Rhodos zugebracht hatten, wurde Philipp die Sache langweilig, was auch begreiflich war. Ich beschloss daher, mit dem Taxi nach Hause zu fahren. Das Auto würde ohnehin heute nicht mehr fertig werden.

Am nächsten Tag überlegte ich, was ich jetzt mit Philipp machen sollte. Ich wollte ihn nicht noch einmal in die Werkstätte mitnehmen. Mein Freund meinte zwar, er könne mir ein Mietauto besorgen, aber ich wollte das nicht. Da sein Auto von mir gefahren wurde, fühlte ich mich auch verpflichtet, für die Reparatur zu sorgen. Mir kam die Idee, Philipp in einem Hotel mit Pool unterzubringen, das ich kannte.

In diesem familiären Hotel, das nicht weit von unserem Quartier entfernt war, hatte ich schon einige Urlaube verbracht – die Besitzer waren inzwischen gute Bekannte von mir geworden. Wir wurden daher freudig begrüßt, als ich dort mit Philipp auftauchte. Meiner Idee, den Jungen hierzulassen, falls sie damit einverstanden wären, stimmten sie sofort begeistert zu. Ich bat darum, alles aufzuschreiben, was er im Laufe des Tages konsumieren würde. Mir war bewusst, dass sie am Abend nicht zulassen würden, dass ich die Rechnung auch bezahlte. Ich kannte die sprichwörtliche Gastfreundschaft der Griechen. Jetzt konnte ich mit ruhigem Gewissen in die Stadt fahren. Als ich in die Werkstatt kam, sah das Auto noch genauso aus wie am Tag vorher. Ich könne ruhig noch in die Stadt gehen, es würde länger dauern, meinte der Chef. Also machte ich mich in die Altstadt auf und schlenderte einige Stunden durch Rhodos.

Gegen Mittag machte ich mich auf den Weg zurück zur Werkstatt. Der Chef war zutiefst zerknirscht und entschuldigte sich tausendmal. Aber der Keilriemen sei auch kaputt, und die Ersatzteillieferung käme erst morgen mit dem Schiff aus Athen. Für dieses Modell habe er keinen mehr.

Na, super, dachte ich. Fast einen halben Tag hatte ich in der Stadt auf das Auto gewartet und musste nun unverrichteter Dinge wieder mit dem Taxi heimfahren. Jetzt machte ich aber nicht nochmals diesen Fehler. Ich sagte zum Chef, wenn das Auto fertig sei, solle er meinen Freund anrufen, wir würden das Auto dann abholen.

Als ich in das Hotel kam, um Philipp mitzunehmen, traute ich meinen Augen nicht. Der Junge stand mit dem Juniorchef hinter der Poolbar, schenkte aus und scherzte mit den Gästen.

Es waren gerade einige Österreicher anwesend, mit denen er sich prima unterhielt. Es waren durchwegs junge Leute.

Ein aufgeweckter Bursche war er ja und nicht auf den Mund gefallen. Das gefiel den Gästen, und sie gaben ihm reichlich Trinkgeld. Müde vom Herummarschieren in der Stadt setzte ich mich an die Bar und trank genüsslich ein Bier.

Manolis, der Juniorchef, erzählte mir, dass Philipp brav gewesen sei und fleißig mitgeholfen habe. Außerdem sagte er leise zu mir: „Philipp hat sich ein Mädchen angelacht." Jetzt erst bemerkte ich, dass er immer zu einem Mädchen hinsah und sie auch zu ihm.

Es war ein Mädchen aus Athen, Maria, die mit ihrer älteren Schwester hier Urlaub machte. „Hat keinen schlechten Geschmack, der Junge", dachte ich mir. Auch ihre ältere Schwester Christina war eine sehr gut aussehende junge Frau. Mit Philipp hatten sie sich natürlich schon angefreundet. Wir aßen noch mit den beiden im Hotel zu Abend und gingen dann zu unserem Quartier. Ich bot Philipp am nächsten Tag an, ein Mietauto zu nehmen und mit ihm zu einem anderen Strand zu fahren, damit er mehr von der Insel sehen und endlich im Meer baden könne. „Opa, lieber würde ich wieder in das Hotel gehen, da war es so lustig, und der Pool ist super!"

„Aha, daher weht der Wind", dachte ich amüsiert. Mir kam der Wunsch nicht ganz ungelegen, taten mir doch die Beine vom gestrigen Tag noch weh. Ich sagte meinem Freund Mano, wenn der Mechaniker anriefe, solle er mich verständigen, ich würde dann das Auto abholen.

Philipp konnte es kaum erwarten, in das Hotel zu kommen. Ich machte es mir auf einer Liege bequem, und Philipp sprang sofort in den Pool, in dem sich schon die beiden Mädchen tummelten.

Es war herrlich zu beobachten, wie schüchtern und verlegen die beiden Kinder sich näherkamen. Sie verständigten sich auf Englisch und mit den Händen, was mitunter zu lustigen Missverständnissen führte. Ich genoss den Tag, pendelte zwischen

Liege und Poolbar. Wie oft ich jetzt schon auf Rhodos gewesen war, sinnierte ich. „Es müssen gut zwanzig Mal sein", rechnete ich nach und beschloss, ein Gedicht über diese schöne Insel Rhodos zu schreiben. Die Rückseite der Getränkekarte musste als Schreibpapier herhalten. Bis zum Abend war das Gedicht **Rhodos** fertig:

Vom Aufwind wild

mein Haar zerzaust

blick ich hinab vom steilen Felsen

die schäumend wilde Gischt

des Meeres sehend

wo weiße Möwen schwimmen

Aus den Tiefen der See

wurdest du geboren

du Eiland meiner Sehnsucht

du Heimat der Telchinen

Rhodos, Tochter der Liebe

Poseidons und Halias

du, Rhodos, Geliebte

des Gottes Helios

Mutter der Heliaden

du gabst deinen Namen

dieser schimmernden Perle

der blauen Ägäis

Du viel umkämpftes

viel geschundenes

Fleckchen Erde

Kein Krieg, kein Kampf

konnte dich bezwingen

Nach Hellas kamst du heim

Bin wie berauscht vom

Duft deiner Blumen

vom satten Grün der Wälder

Vom Aufwind wild

mein Haar zerzaust

blick ich hinab vom steilen Felsen

Wir wollten schon nach Hause gehen, als mir Manolis sagte, mein Freund habe angerufen, das Auto sei fertig. Sollte ich jetzt zuerst Philipp heimbringen oder ihn mitnehmen in die Stadt? Christina nahm mir die Entscheidung ab. „Wir gehen später in den Lunapark hier in Faliraki, darf Philipp mitkommen?", fragte sie.

„Ja, gerne, ich komme dann nach, wenn ich mit dem Auto aus der Stadt zurück bin", sagte ich.

Im Lunapark war am Abend einiges los. Ich kam gerade zurecht, um zu sehen, wie Philipp auf dem Bullen ritt. Es war nicht leicht, sich auf dem immer schneller werdenden und ständig die Richtung ändernden Bullen festzuhalten. Die umstehenden Besucher feuerten ihn an und waren erstaunt, wie lange sich der Bub oben hielt. Jetzt kam ihm zugute, dass er zuhause schon einige Jahre zum Westernreiten ging.

Ich sah ihm an, wie sehr er es genoss, im Mittelpunkt zu stehen, und auch die kleine Griechin himmelte ihn an. Als es dann allerdings zum Kettenkarussell ging, war er schon nicht mehr so begeistert. Jetzt war die Kleine dran, zu zeigen, wie mutig sie war. Dann gab es da noch eine Attraktion: Man saß zu zweit auf einer Bank, wurde ca. 10 Meter langsam hochgezogen, und dann ging es im freien Fall nach unten, nichts für einen schwachen Magen. Auch hier machte Philipp nicht die beste Figur, und ich bemerkte, wie er immer einsilbiger wurde. „Opa, ich bin müde, lass uns nach Hause gehen", sagte er schließlich.

Natürlich wollte ich ihn nicht länger leiden lassen und erlöste ihn aus seiner Verlegenheit. Welcher Mann, auch wenn er erst 12 war, gab schon gerne vor Frauen seine Schwächen zu? Am nächsten Tag lud ich die beiden Damen zum Mittagessen ein.

Jetzt hatte ich ja wieder das Auto. In der Nähe befand sich eine wunderbare kleine Bucht mit einem fantastischen Fischrestaurant, auf dessen Terrasse wir es uns gemütlich machten, die Anthony Quinn-Bucht – angeblich war Anthony Quinn einmal dort gewesen.

Das Essen war köstlich, und wir verbrachten ein paar schöne Stunden dort.

Die Kinder rannten immer zwischen Meer und Taverne hin und her, aber immer öfter kamen Maria oder Philipp allein zurück. Es war offensichtlich, dass die Harmonie zwischen den beiden leicht gestört war. Für die beiden Mädchen war es der letzte Urlaubstag, auch wir hatten nur mehr zwei Tage.

Wir tauschten noch unsere Telefonnummern und Adressen aus. Ich hatte Christina versprochen, ihr einige Fotos zu schicken, die ich im Lunapark und von dem Hotelpool gemacht hatte. An den verbleibenden zwei Tagen zeigte ich Philipp die schönsten Plätze der Insel.

Wieder zuhause, telefonierte ich mit Christina und sagte ihr, dass die Fotos unterwegs seien. Wir plauderten noch über den schönen Urlaub, und sie sagte mir, dass Maria Philipp einen Brief schreiben werde. Aber dann verloren wir uns aus den Augen und hörten nichts mehr voneinander. Einige Jahre später erzählte mir Philipp freudig, Maria, die kleine Griechin von damals, habe ihn zufällig auf Facebook gefunden. Sie hätten jetzt über WhatsApp regen Kontakt, und er werde sogar demnächst nach Athen fliegen. Die sozialen Netzwerke müssen uns nicht immer vom sozialen Leben abschneiden, es kann auch das Gegenteil eintreten. Wichtig ist, wie man die Möglichkeiten nutzt.

Ins Leben geschaut

Warum?

Leise fiel die Tür ins Schloss. Anton saß am Küchentisch und starrte durch das Vorzimmer auf die geschlossene Eingangstüre.

Es erschien ihm unglaublich, dass sie tatsächlich gegangen war, sang- und klanglos, ohne Streit, ohne Hass.

Er wusste zwar, dass Hilde nichts vom Streiten hielt. Aber so? Er war ratlos – warum – was war passiert? Sie hatten doch noch gemeinsam zu Abend gegessen.

Sein Atem wurde immer schwerer, als würde ihm jemand die Kehle zudrücken. Er musste hinaus in die frische Luft. Draußen peitschte ihm Regen ins Gesicht.

Mit hochgestelltem Kragen lief er planlos durch die Straßen. Er achtete nicht auf den Weg, stolperte mehr, als er ging, rannte gegen eine Straßenlaterne und fiel schließlich mitten in eine Pfütze. Triefend nass rappelte er sich hoch und hetzte weiter. Plötzlich stand er vor dem Fluss, der sich träge durch den Ort schlängelte.
Eine Weile starrte er ins Wasser. „Warum?", schrie er und hoffte, dass eine Antwort käme.

Es kam keine. Der Mond kräuselte sich silbern auf der Wasseroberfläche. Langsam spürte er die Nässe auf seiner Haut.

Er kam erst zu sich, als er in einer Kneipe saß und seinen Blick auf ein leeres Whiskyglas heftete.

In seinem Schädel rotierte nur der eine Gedanke, warum, warum, warum.

Dass er diese Frage von seinem Tisch aus immer lauter den anderen Gästen stellte, die sich irritiert nach ihm umsahen, fiel ihm nicht auf.

Sie hatten auch keine Antwort.

Als er noch einen Whisky verlangte, räumte der Wirt sein Glas weg und meinte, er belästige die Gäste, hier gebe es nichts mehr für ihn zu trinken, er solle nachhause gehen.

Dann war er zurück in seiner Wohnung.
Als er im Badezimmer die nassen Kleider auszog, fiel sein Blick auf eine Fratze, die ihm aus dem Spiegel entgegengrinste.

Sie gefiel ihm nicht, offenbar war er noch nicht betrunken genug. Bewaffnet mit einer Flasche Whisky, die er sich aus der Hausbar holte, setzte er sich auf die Couch.

Seit zehn Jahren kannten sie sich nun. Sie waren einander auf einer Party eines Freundes begegnet. Sie teilten die Begeisterung für Kultur und Sport, deswegen waren sie sich rasch näher gekommen. Hilde hatte nach ihrem Jurastudium gerade bei einer großen Anwaltskanzlei angefangen. Anton war kurz davor, sein Medizinstudium abzuschließen. Das einzige Problem bei dieser Beziehung waren ihre Wohnorte gewesen. Hilde wohnte in Graz, Anton in Wien.

Als Anton seinen Doktortitel erworben hatte und auf der Suche nach einer geeigneten Stelle war, nahm er das Angebot eines medizinischen Labors in Graz an. Hilde wollte, dass er bei ihr einzog.

Die Wohnung war zwar klein, aber sie sollte reichen, bis sie gemeinsam etwas Größeres gefunden hatten.

Sie entschieden sich bald für ein gemütliches Haus, nicht weit weg von der Stadt in einem kleinen Ort, von wo die tägliche Fahrt zur Arbeit nicht zu lange dauerte.

Sie waren beide glücklich und beschlossen nun, nachdem einige Jahre vergangen waren, ihre Beziehung mit der Eheschließung zu krönen.

Doch einen Termin dafür konnten sie nicht finden. Sie legten ein Datum fest, kurz darauf wurde es wieder umgestoßen. Beide waren von ihren beruflichen Karrieren sehr in Anspruch genommen. Sie seien auch ohne Trauschein glücklich, trösteten sie sich. Die wenige Freizeit, die sie miteinander verbrachten, waren seltene Theaterbesuche oder eine kurze Radtour in die Umgebung.

Anton knallte mit dem Kopf auf die Tischplatte.

Die Flasche war leer. Er krallte sich an der Tischkante fest, mühte sich langsam hoch und manövrierte sich schwankend zur Kommode, die er nur mehr verschwommen wahrnahm.

Nach einiger Zeit gelang es ihm, die oberste Schublade zu öffnen.

Da lag eine Pistole und daneben eine Schachtel Munition.

Er griff danach, wankte, beide fielen ihm aus der Hand. Gegen die Kommode gelehnt, sank er langsam auf die Knie. „Warum, warum", lallte er immer wieder.

Er setzte die Pistole an die Schläfe und drückte ab.

Ein Knall ließ Anton im Bett hochfahren.

Er war nass vor Schweiß. Zeit und Ort waren ihm für einen Moment unklar. Er war im Schlafzimmer.

Dann bemerkte er, dass der Wind das Fenster aufgestoßen hatte und den Vorhang wie eine Fahne ins Zimmer wehte. Er blickte zu Hilde neben sich, die ruhig und friedlich schlief. Sie hatte nichts mitbekommen. Was für ein irrer Traum.

Er schloss das Fenster und legte sich wieder ins Bett. Aber das Geträumte ließ ihn nicht mehr los. So stand er auf – um Hilde zu überraschen, bereitete er das Frühstück.

Sie hatten es jeden Tag so eilig, dass es normalerweise aus einer im Stehen hinuntergegossenen Tasse Kaffee bestand.

Wie er den Tisch deckte mit dem schönen Porzellan und allem, was der Kühlschrank hergab, wirkte demgegenüber festlich. Selbst wenn Hilde nicht mehr als ihre üblichen paar Minuten für das Frühstück blieben, hoffte er, dass es heute für beide mehr Bedeutung bekam.

Hilde war sehr angetan von seiner Idee, und sie nahmen sich für das Frühstück mehr Zeit als sonst.

Anton wollte wissen, wann Hilde heimkommen werde, er plante, wenn sie nicht zu spät kam, zum Abendessen ein Fondue vorzubereiten.

Hilde hatte es schon wieder eilig, es werde vermutlich nicht so spät werden, sechs Uhr etwa – sie gab ihm einen flüchtigen Kuss auf die Wange und verließ das Haus.

Pünktlich um sechs stand das Fondue bereit. Anton hatte an alles gedacht.

Zwischen zwei Kerzen platzierte er den Caquelon auf dem Tisch und stellte kleine Schüsseln mit verschiedenen Soßen daneben, dazu Baguette und einen Kühler mit einer Flasche spritzigen Weißweins.

Pünktlich kam auch Hilde heim, das war ungewöhnlich.

„Wie schön, dass du schon da bist", begrüßte er sie. Doch sie wirkte müde, abgespannt und zerstreut. Für Anton war das nichts Neues, in letzter Zeit hatte er diesen Eindruck schon öfter gehabt. Beim Essen versuchte er immer wieder ein Gespräch zu beginnen.

„Na, mein Schatz, wie war dein Tag?", fragte er.

Aber Hilde blieb abwesend und einsilbig. „Stressig wie immer", antwortete sie, verlor zum vierten Mal ihr Brotstück im Käse und fluchte leise.

Er schob ihre Unkonzentriertheit auf einen anstrengenden Arbeitstag und überging sie einfach.

Nach dem Essen versuchte Anton mit einem Glas Château Lynch Moussas Pauillac Grand Cru, den sie so gerne mochte, ihre Stimmung zu heben.

„Komm, Liebling, vergiss die Kanzlei, genießen wir den Abend", ermunterte er sie.

Hilde lächelte, sah Anton tief in die Augen und küsste ihn.

„Entschuldige mich bitte kurz", meinte sie und ging ins Badezimmer.

Anton war glücklich, dass Hilde nun endlich mit ihm gleichgestimmt schien, und hoffte auf einen schönen, harmonischen Abend.

Die Unruhe, die er nach dem Alptraum der vergangenen

Nacht nicht mehr hatte loswerden können, nahm langsam ab. Er machte es sich auf der Couch bequem und wartete.

Als Hilde zurückkam, war sie blass und verweint. Anton erschrak, stand auf und fragte, was denn los sei. „Anton, bitte setz dich", sagte sie. „Ich muss dir ein Geständnis machen."

Als Anton etwas antworten wollte, verschloss sie ihm mit einer kurzen, sanften Geste den Mund.

„Nein, hör mir zu", bat sie ihn.

„Ich habe vor einiger Zeit jemanden kennengelernt und mich verliebt." Erneut kamen ihr die Tränen.

„Ich hatte bisher nicht den Mut, es dir zu sagen. Ich kann mit diesen Lügen und Heimlichkeiten nicht länger leben.

Ich verlasse dich heute noch, ich muss einen Schlussstrich ziehen."

„Wie lange ...", murmelte er. Sie streichelte Antons Gesicht und küsste ihn. „Es tut mir so leid", flüsterte sie. Dann drehte sie sich um und verließ das Wohnzimmer.

Anton war stumm und bleich vor Entsetzen.

Nach einigen Sekunden schrie er: „Hilde!" und rannte ihr nach. Im Vorzimmer versuchte er sie zurückzuhalten.

Mit unerwarteter Kraft löste sie seinen Griff. „Lass es sein, Anton", sagte sie leise. Dann sah sie sich suchend um und ging in die Küche. Er folgte ihr, planlos.

Sie nahm ihre Autoschlüssel, die auf dem Küchentisch lagen.

Er blieb in der Küche stehen und sah ihr zu, wie sie sich im Vorzimmer den Mantel anzog und die Türe öffnete. Anton setzte sich verzweifelt an den Küchentisch und starrte auf die Eingangstüre, die leise ins Schloss fiel.

Dumm gelaufen

Die Sonne brannte vom Himmel. Martha, eine rüstige Endsiebzigerin, genoss diese Wärme und räkelte sich genüsslich im Liegestuhl – sie konnte nie genug davon bekommen.

Sie war froh, der Empfehlung einer Freundin gefolgt zu sein, hier in einem All-inclusive-Club in der Nähe von Hammamet ihren Urlaub zu verbringen. Sie war schon viel in der Welt herumgekommen, aber Tunesien war neu für sie. Durch ihre frohe Lebensart kam sie schnell mit den durchwegs jungen

Leuten im Club in Kontakt. Bald war sie bei allen nur die „Oma" Martha.

Manchmal wurde sie von anderen Gästen zu Tagesausflügen in die Gegend am Kap Bon in der Nähe des Clubs eingeladen. Die jungen Leute hatten bemerkt, dass sie gut französisch sprach. Somit konnte mit ihrer Hilfe manche sprachliche Barriere leichter überwunden werden.

Auch das Personal war sehr angetan von ihrer freundlichen und liebenswerten Art. Besonders der junge Kellner Karim war sehr bemüht um sie. Obwohl Selbstbedienung vorgesehen war, fragte er sie immer wieder, ob sie noch einen Wunsch habe.

Karim war auch Martha sehr sympathisch.

Sie liebte seine kleinen Aufmerksamkeiten. Jeden zweiten Tag stand eine frische rote Rose auf ihrem Tisch.

Es war an einem der seltenen Tage, an denen es nicht so heiß war, da fragte Karim „Oma" Martha, ob sie Lust hätte, mit ihm in die Stadt zu fahren. Er würde ihr gerne seine Heimatstadt zeigen. Martha war sehr erfreut darüber. Sie hatte schon einiges auf Kap Bon während der Ausflüge gesehen, aber in der Stadt Hammamet war sie noch nicht gewesen. Karim sprach perfekt Französisch, so freute sich Martha auf eine schöne Stadtführung.

Sie fuhren mit dem Bus in die Stadt und trafen dort zufällig einen Freund von Karim, Ayman, der ein Auto besaß.

Dieser bot sich sogleich an, als Chauffeur zu fungieren. Martha freute sich darüber, für sie war es angenehmer, keine langen Fußwege zu haben. Die beiden zeigten ihr die schönsten Plätze, die Medina – die Altstadt mit ihren überdachten Marktgassen –, die Kasbah – die Festung – und die Moscheen.

Besonders beeindruckt war Martha von der Sadi-Gailani-Moschee und dem Place des Martyrs. Das Denkmal auf diesem Platz war dem Eiffelturm in Paris nachempfunden. Ebenso faszinierend fand sie die typischen weiß-blauen Häuser der Stadt. Die Besichtigung beanspruchte ihre Kräfte, und Martha wurde müde. Sie fragte Karim, wie sie nun am besten den Bus erreichen könne, um wieder in den Club zu fahren. Karim schien das beinahe als Beleidigung aufzufassen. Selbstverständlich würden sie Martha in Aymans Auto in die Anlage zurückbringen.

Im Club lud Martha die beiden noch auf ein Getränk ein. Karim lehnte höflich ab. Die Clubleitung sehe es nicht gern, wenn das Personal mit den Gästen privaten Kontakt hätte, meinte er bedauernd. Doch Ayman nahm die Einladung dankend an. Martha und Ayman genehmigten sich zur Erfrischung einen Pfefferminztee.

In der Stadt war für persönliche Gespräche keine Zeit gewesen. Ayman erkundigte sich nach Marthas Heimatort, Karim habe ihm nur erzählt, sie käme aus Österreich. Als er hörte, Martha komme aus Wien, sah er erstaunt drein und lachte. Was für ein Zufall, sein Bruder studiere in Wien, sagte er.

Die Welt ist wirklich klein, bemerkte Martha lachend.

Ihre Beine begannen zu schmerzen, der Ausflug war anstrengender gewesen als alle vorhergehenden. Ayman möge sie entschuldigen, sie wolle sich jetzt in ihren Bungalow zurückziehen, bat sie, sie sei schon ziemlich müde. Ayman verabschiedete sich galant und wünschte Martha noch einen schönen Aufenthalt. Drei Tage Urlaub hatte Martha noch übrig, die genoss sie in der Anlage oder am Strand.

Am Abend vor ihrer Abreise kam überraschend Ayman zu Besuch.

„Wie schön, Ayman, dass Sie noch einmal vorbeikommen", sagte Martha erfreut. „Ich hatte mich ja nicht einmal bedankt für die schöne Stadtrundfahrt." „Ich bitte Sie, es war doch eine Selbstverständlichkeit und eine große Freude für mich", antwortete er.

„Liebe Martha ... ich darf Sie doch so nennen?" „Selbstverständlich", erwiderte Martha. „Ich habe eine große Bitte — darf ich Ihnen ein kleines Päckchen für meinen Bruder mitgeben? Die Post ist unzuverlässig und langsam bei uns, und ich möchte, dass er es sicher bekommt. Es geht um eine wichtige familiäre Angelegenheit."

„Gerne mache ich das für Sie, schon als kleines Dankeschön für Ihre Mühe mit der Stadtbesichtigung", antwortete Martha.

Ayman überreichte Martha das Päckchen, welches nicht viel größer als eine Zigarettenschachtel war. Hübsch in buntes Papier gepackt und mit einem goldenen Band verschnürt. „Das ist aber liebevoll verpackt", bemerkte Martha. Ayman lachte nur. „Werden Sie von jemandem abgeholt am Flughafen?", fragte Ayman.

Da Martha verneinte und sagte, sie werde mit dem Taxi heimfahren, schlug er vor: „Mein Bruder wird Sie abholen, der hat ein Auto, er wird Sie dann nachhause bringen und bei der Gelegenheit gleich das Päckchen in Empfang nehmen.

Was meinen Sie?" „Das wäre schön, aber wie erkenne ich Ihren Bruder?", fragte Martha. „Ganz einfach", erklärte Ayman, „ich werde meinem Bruder sagen, er soll Sie dort erwarten, wo Sie nach der Gepäckaufnahme in die Ankunftshalle kommen.
Sie erkennen ihn am besten an so einem Schild, wie es die Fahrer der Abholdienste haben, da soll er AYMAN draufschreiben."

„Schön, dann lerne ich ja bald Ihren Bruder kennen", sagte Martha lachend.

„Ich sage ihm gleich Bescheid. Nochmals vielen Dank! Eine gute Heimreise, und auf Wiedersehen!" Beim Weggehen drehte er sich noch zweimal um, winkte ihr zu und lachte.

Martha brachte das Päckchen in ihren Bungalow und verstaute es in ihrem schon halb gepackten Koffer mitten unter der Wäsche. Zu gerne hätte sie gewusst, was sich in dem Päckchen befand. Aber es roch nicht und gab keine Geräusche von sich, als sie es vorsichtig schüttelte.

Als sich Martha von Karim am nächsten Tag verabschiedete, meinte dieser: „Oma Martha, es war eine wunderbare Zeit mit dir! Ich hoffe, du kommst wieder einmal nach Hammamet!"

„Es war auch für mich ein wunderschöner Urlaub, den ich nicht vergessen werde. Und vielleicht komme ich noch einmal – so Allah es will", setzte sie lächelnd hinzu. Am Flughafen in Wien musste Martha nicht lange auf ihren Koffer warten, der als einer der ersten lag er auf dem Laufband.

Sie packte ihn, stellte ihn auf seine Rollen und zog ihn Richtung Ausgang. Auf diesem Weg musste sie noch die Zollkontrolle passieren, sie ging durch die Passage für EU-Reisende und solche, die nichts zu verzollen hatten, wo zwei Zollbeamte mit einem sehr freundlich und neugierig dreinblickenden Hund standen.

Als Martha an ihnen vorbeizog, wurde der Hund plötzlich sehr aufgeregt, schnüffelte an ihrem Koffer und schlug an. Die Uniformierten reagierten sofort, sie stellten sich Martha in den Weg und forderten sie auf, ihnen zur Zollabfertigung zu folgen.

Einer der Beamten ließ sie ihren Koffer öffnen.

Mit ein paar Handgriffen legte er das Päckchen, welches sie unter die Wäsche gepackt hatte, frei und fragte, was da drinnen sei. „Ich weiß es nicht. Ich habe es von einem Bekannten aus Hammamet für seinen Bruder, der hier studiert, mitgenommen."

„Zeigen Sie mir bitte nochmals Ihren Reisepass." – Der Beamte verließ mit dem Päckchen und dem Pass den Raum.

Nach wenigen Minuten kam er in Begleitung eines Polizisten zurück. Martha war irritiert. Der Polizist forderte sie auf, ihm in seine Diensträume zu folgen, es gäbe da ein ernstes Problem.

„Was ist denn los?", fragte Martha bestürzt. „In dem Paket, das nach Ihren Angaben von einem Bekannten in Hammamet stammt, befinden sich verbotene Substanzen", sagte der Polizist ungerührt. „Und wir müssen Anzeige gegen Sie erstatten." „Was!", rief Martha entsetzt.

„Das kann ich nicht glauben!" Martha zitterte am ganzen Körper. „So alt musste ich werden, um mit der Polizei zu tun zu bekommen", sagte sie weinerlich.

Martha beteuerte, nicht gewusst zu haben, was sich in dem Päckchen befand, sie hatte nur diesem sympathischen jungen Mann, der sie so nett herumgeführt hatte, einen Gefallen tun wollen. „Gnädige Frau, regen Sie sich nicht auf, vielleicht wird alles halb so schlimm", beruhigte sie der Beamte.

„Wir tun nur unsere Plicht."

„Ja, es ist eine Masche der Drogenhändler, ältere, allein reisende Damen als Kuriere zu missbrauchen", erklärte der Polizist. Tunesien sei zwar nicht sehr involviert in den internationalen Drogenhandel, aber immer wieder komme es vor, dass von den angrenzenden Ländern Drogen über Tunesien gingen. Martha musste angeben, in welchem Club sie in Hammamet gewesen war und mit wem sie außerhalb der Anlage Kontakt gehabt hatte, dann wurden ihre Daten aufgenommen.

„Das hat man davon, wenn man jemandem behilflich sein möchte, dann wird man auf seine alten Tage noch eine Kriminelle", sagte Martha unter Tränen. „Werden Sie abgeholt, gnädige Frau?", fragte der Beamte.

Martha erzählte, es sei vereinbart worden, dass der Mann, für den das Päckchen bestimmt gewesen war, der angebliche Bruder, sie abholen sollte und an einem Schild mit der Aufschrift „Amyan" zu erkennen sei.

Man bat Martha, noch etwas zu warten. Zwei Beamte gingen in die Ankunftshalle. Nach einigen Minuten kamen sie zurück. „Wir haben niemanden gefunden mit einem solchen Schild", erklärten sie. „Vermutlich hat es ihm zu lange gedauert, und er hat kalte Füße bekommen und ist abgehauen."

Sie würde verständigt, sofern man noch Aussagen von ihr benötige.

Einer der Beamten war so nett, Martha noch zu einem Taxi zu begleiten.

Am nächsten Tag telefonierte Martha mit ihrer Freundin, welche ihr den Club empfohlen hatte.

Die war ebenso entsetzt über das Malheur von Martha.

„Das musst du mir genauer erzählen", ich werde dich morgen besuchen", sagte sie. „Jetzt habe ich noch einen schweren Gang vor mir, ich muss es meinen Kindern erzählen", vertraute Martha sorgenvoll der Freundin an.

„Mein Sohn wird nicht sehr erfreut sein darüber. ‚Das hast du nun davon, weil du immer nur das Gute in allen Menschen siehst‘, höre ich ihn schon sagen.“ Nach einigen Wochen bekam Martha Post von der Staatsanwaltschaft.

Das Verfahren gegen sie sei eingestellt worden, sie habe mit keinen weiteren Konsequenzen zu rechnen.

Einige Monate später staunte Martha nicht schlecht, denn sie bekam einen Brief vom Club.

Man bedauere das Malheur, das ihr widerfahren sei, und entschuldigte sich bei ihr, obwohl den Club keinerlei Schuld treffe, man fühle sich trotzdem verantwortlich für das Wohlergehen der Gäste.

Sie schrieben weiter: „Ayman B. konnte in Hammamet aufgrund der Aussage des Kellners Karim festgenommen werden. Keiner der Angestellten des Clubs hatte etwas mit dem Drogenschmuggel zu tun.“ Die Clubleitung hoffe, sie bald wieder einmal im Club begrüßen zu dürfen, stand dort noch.

„Und viele Grüße vom Kellner Karim an seine ‚Oma‘ Martha!“

Das Konzert

Helene, eine junge, attraktive Frau Mitte dreißig, ledig, erfolgreiche Brokerin, die sonst für ihre Arbeit lebte, erledigte diese Arbeit heute nicht so konzentriert wie sonst.

Sie hatte Geburtstag, doch das war nicht der Grund — es war der Zufall, der ihr ein besonderes Geschenk machte. Just heute Abend war wieder ein Konzert mit ihrem Idol als Solisten.

Er war Sänger und sah blendend aus. Den ganzen Tag war sie aufgeregt gewesen. Schon am frühen Abend hatte sie immer wieder Kleidung und Frisur überprüft, wie ein verliebter Teenager, ob auch alles perfekt sei — fast hätte sie den Beginn verpasst. Im überfüllten Saal war nur ihr Platz noch leer.

Die Musiker warteten schon auf den Dirigenten. Da huschte sie gerade noch rechtzeitig herein.

Zum Glück hatte sie einen Außensitz, somit störte sie niemanden. Kaum hatte sie Platz genommen, wurde es dunkel, und das Konzert begann.

Auf dem Programm standen Werke von Mozart und Beethoven. Als Solist er, ihr ausgesprochener Lieblingstenor. Seit drei Jahren besuchte Helene seine Konzerte, wenn er in Wien war. Einmal war sie ihm sogar nach Paris nachgereist.

Nach ihrem ersten Konzertbesuch hatte sie geduldig am Bühnenausgang gewartet, wie viele andere Frauen auch, um ein Autogramm zu bekommen. Er hatte für sie das Autogramm auf sein Foto geschrieben, das sie ihm hinhielt, und ihr dabei etwas länger in die Augen gesehen als den anderen Frauen – Helene war ihm sofort aufgefallen. Ihr schlanker Körper, die langen schwarzen Haare und besonders ihre dunklen braunen Augen – so liebte er die Frauen. Diese musste er unbedingt kennenlernen, das stand für ihn fest. Es kam öfter vor, dass er eine seiner Verehrerinnen zum Abendessen einlud. So nahe bei ihm, spürte auch Helene plötzlich mehr als nur die reine Sympathie für einen Künstler. Seine ganze Erscheinung, er war genau ihr Typ Mann. Besonders fielen ihr die gepflegten Hände und die schlanken Finger auf, während er das Autogramm schrieb. Bei beiden schien der Funke übergesprungen zu sein. Er griff in seine Manteltasche und reichte ihr ein Kuvert. Als die Fans sich wieder zerstreut hatten, öffnete Helene nervös den Umschlag.

Zu ihrer Überraschung enthielt er eine Einladung in sein Hotel zu einem gemeinsamen Abendessen. Helene war selig. Sie würde ihrem Idol ganz nahe sein. Wie nahe, ahnte sie da noch nicht. Bei dem Abendessen, welches er auf die Suite kommen ließ, war es nicht geblieben. Er hatte es verstanden, Helene so zu umschmeicheln und zu betören, dass sie schließlich blieb. Es war für Helene eine unvergessliche Nacht geworden, der schon einige weitere gefolgt waren. Es gab immerhin zwei bis drei solcher Konzerte im Jahr.

Es war ja nicht so, dass Helene keine Männerbekanntschaften hatte. Doch bei ihrem Job, der ihre Zeit und Energie fast völlig beanspruchte, konnte und wollte sie sich auf nichts Fixes einlassen. Meistens war es für Helene zu anstrengend, da viele der Männer nur klammerten. Und er war eben etwas Besonderes. Er gefiel ihr nicht nur als berühmter Sänger, sondern auch als Mann. Schlank, graumeliert, besonders seine blauen Augen und seine Hände hatten es ihr angetan. Und die Gefahr, dass er mehr wollte als gelegentlich eine Nacht mir ihr zu verbringen, war nicht gegeben. Er würde sicher auch heute Zeit haben für sie. Es war inzwischen fast zu einem Ritual für ihn geworden und für sie zu einem unstrittigen Anspruch, dass sie ihn nach dem Konzert für sich haben durfte. Helene liebte seine Stimme, vor allen wenn er Mozart sang, sie hatte selbst einmal Gesang studiert, wegen stimmlicher Probleme die Ausbildung aber abbrechen müssen.

Nach einigen Orchesterstücken war es soweit, ihr Liebling kam auf das Podium. Auf dem Programm standen fünf Tenorarien von Mozart. Diese unvergleichliche Stimme, sie schien ihr heute noch facettenreicher als sonst. Ein Schauer durchlief ihren Körper, noch nie hatte sie diese Musik so körperlich gefühlt. Tränen flossen über ihre Wangen.

Innerlich immer aufgewühlter, konnte sie kaum das Ende des Konzertes erwarten. Sie sehnte sich nach seinen Liebkosungen, den zärtlichen Küssen.

Man kannte Helene inzwischen im Haus, so konnte sie ungehindert zu den Garderoben gelangen. Nachdem sie etwas gewartet hatte, um ihm Zeit zu geben, sich zu erholen, klopfte sie an die Garderobentüre.

„Einen Moment!", rief die Garderobiere. Sie öffnete die Türe einen Spalt, erkannte Helene und ließ sie eintreten. Ob er noch einen Wunsch habe, fragte die Garderobiere den Sänger. Helene verwünschte sie, sie konnte es kaum erwarten, in seinen Armen zu liegen.

„Helene, wie schön, dass du gekommen bist", sagte er ihr leise ins Ohr und drückte ihren zarten Körper fest an sich.

Helene spürte seine Männlichkeit, und sie war innerlich noch immer aufgewühlt von der Musik, seine Berührungen entzündeten in ihr ein kaum zu bändigendes Gefühl.

„Ich freue mich so, dich endlich wieder einmal für mich zu haben", flüsterte sie und schaute ihm dabei tief in die Augen.

„Ich habe etwas für dich", sagte er lächelnd, griff in eine Ledertasche und holte ein kleines Päckchen hervor.

„Für mich?", fragte sie staunend.

Kurz überlegte sie, woher er wissen konnte, dass sie heute Geburtstag hatte. Helene nahm behutsam das Päckchen, das ganz so aussah, als könnte es von einem Juwelier stammen.

Aufgeregt öffnete sie es. Ein wunderschöner Ring mit einem Diamanten leuchtete ihr aus der mit blauem Samt ausgelegten Schmuckschatulle entgegen. „Wow", entfuhr es ihr. Er lächelte.

„Ich hoffe, er gefällt dir?" „Wie kannst du fragen, er ist wunderbar", sagte sie begeistert, steckte den Ring an ihren linken Ringfinger und drehte die Hand ins Licht, um den Stein funkeln zu sehen.

„Danke, womit habe ich das verdient?" Sie küsste ihn zärtlich.

„Es ist heute das zehnte Mal, dass wir uns treffen, da wollte ich dir eine kleine Freude bereiten", antwortete er.

Innig schmiegte sie sich an ihn und wollte ihn nicht mehr loslassen. „Dass du daran gedacht hast", sagte sie verwundert, „Wie schön."

„Wir sehen uns dann im Hotel, mein Kleines", sagte er lächelnd.

Es war natürlich nicht möglich, das Konzerthaus gemeinsam zu verlassen. Für die wartende Presse wäre es ein „Fressen" gewesen, ihn mit einer anderen Frau zu sehen. Sie wusste es aus den Medien, und auch er hatte kein Geheimnis daraus gemacht, dass er verheiratet war, aber das war für sie kein Problem. Noch dazu, wo er immer betonte, seine Ehe bestehe nur noch auf dem Papier. Helene begab sich wie gewohnt in das Hotel, in welchem er abgestiegen war. Wie immer wartete sie an der Bar, bis ein Page an sie herantrat und ihr mitteilte, sie könne jetzt in die Suite hochfahren.

Einen kurzen Augenblick lang flammte erstmals in ihr das Gefühl auf, dass es eigentlich traurig und erniedrigend sei, nur auf Abruf erwünscht zu sein – sie fühlte sich einen Moment lang wie ein Callgirl.

Im Fahrstuhl verflog dieser Gedanke, ihre Sehnsucht gewann die Oberhand. Er erwartete sie schon an der Tür. Nur mit einem Schlafrock aus Seide bekleidet, schloss er sie in die Arme und küsste sie leidenschaftlich. „Wie schön, dich zu spüren", hauchte er ihr ins Ohr, während seine Hände zärtlich ihre Brüste berührten – Helene schmolz dahin. Langsam, behutsam begann er ihre Bluse zu öffnen. Sie vibrierte am ganzen Körper, seine Berührungen und das Timbre seiner Stimme entführten sie in eine Welt erotischer Fantasie. Ravels Boléro erklang aus der Musikanlage. Mit geschlossenen Augen gab sie sich seinen Liebkosungen hin. Als sie einmal kurz die Augen öffnete, sah sie im Spiegel plötzlich hinter sich eine Frau aus einem Nebenzimmer kommen. Sie trug nur ein hauchdünnes Negligee. Erschrocken machte sich Helene vom Sänger los. „Hab keine Angst, Kleines. Das ist meine Frau. Sie weiß Bescheid", sagte er in sanftem Ton.

Helene war irritiert. „Guten Abend, Helene, ich bin Simone", sagte sie mit dunkler Stimme zu Helene. Helene war noch immer perplex, sie starrte nur beide verständnislos an.

Er hatte inzwischen in aller Ruhe drei Gläser mit Champagner gefüllt. „Stoßen wir auf einen schönen Abend zu dritt an", meinte er und erhob sein Glas. Zögernd nahm Helene das angebotene Glas. Auch Simone hob ihren Champagner und stimmte mit ein: „Ja, auf einen schönen Abend!" „Wie, was …", fand Helene die Sprache wieder. „Ich verstehe das nicht. Hättest du mir nicht sagen können, dass deine Frau mit-kommt? Ich bin bestimmt kein Kind von Traurigkeit, aber sol-che Praktiken sind mir einfach zuwider."

Sie glaubte zu verstehen, was hier gespielt wurde. Sie war diesmal als prickelndes Extra für ein Ehepaar vorgesehen, das sich offenbar viel besser verstand als er ihr vorgespielt hatte, und das nach etwas Abwechslung in seinem Sexleben suchte. Keine Rede mehr von der faden Ehefrau, mit der ihn nur noch materielle Interessen verbanden. Sie schüttete ihm wortlos den Champagner ins Gesicht.

„Zier dich doch nicht so! Andere sind da weniger prüde", sagt er mit einer Stimme, die ihr plötzlich völlig fremd erschien. Sie fühlte sich verraten. Gab es noch andere? Das hätte sie sich zwar denken können, es hatte sich aber bisher nie so angefühlt.

Sie zog den Ring, welchen er ihr vor wenigen Stunden erst geschenkt hatte, vom Finger. Simone, die bis jetzt geschwiegen hatte, sagte zu ihm: „Ich dachte, es wäre alles geklärt?" „Nichts ist hier geklärt", erwiderte Helene zornig. „Sollte ich damit vielleicht für einen flotten Dreier bezahlt werden?", rief sie empört und schmiss ihm den Ring vor die Füße.

Während sie ihre Bluse zuknöpfte und ihren Mantel und ihre Tasche nahm, ohne die beiden anzusehen, hörte sie Simone sagen, es täte ihr leid, es sei ein Missverständnis. Der Sänger schien überhaupt die Sprache verloren zu haben. Er stotterte herum, dass er hier wohl Mist gebaut habe. Es sei doch als Überraschung gedacht gewesen. Sie stürmte aus der Suite. Zuhause wurde ihr erst bewusst, was da abgelaufen war.

Sie verfluchte sich selbst, dass sie sich so hatte täuschen lassen – sie hatte sich immer vorgemacht, dass seine Zuneigung nur ihr galt. Nach den vielen gemeinsamen, schönen und aufregenden Stunden in den letzten Jahren dieses Ende – aus war der Traum, zerplatzt wie eine Seifenblase.

Diese Beziehung hatte, wie der Diamant auf dem Ring, ein bezauberndes Funkeln in ihr Leben gebracht, nun war es verschwunden. Helene stürzte sich in ihre Arbeit. Sie besuchte weiterhin seine Konzerte, aber das Feuer, das in ihr gebrannt hatte, wenn sie ihn sah, war erloschen.

Auf Abruf

Es war noch dunkel in Wien. Die Straßen waren nass vom nächtlichen Regen und menschenleer. Es war sechs Uhr morgens. Ich ging zu meinem Mietauto, um zu einem nahegelegenen Café zu fahren, wo ich immer frühstückte.

Es würde sich nicht auszahlen, für mich alleine ein Frühstück zuzubereiten. Außerdem könnte jeden Moment das Handy klingeln und ich müsste sofort los. Ich arbeitete als Personen-Security.

Die Wohnung war ohnehin nur mit dem Notwendigsten ausgestattet. Im Café gab es auch den Vorteil, alle Tageszeitungen lesen zu können. Was ich auch versuchte, der Wagen wollte nicht anspringen. Missmutig stieg ich aus, um mich zu Fuß auf den Weg zu machen. Das Café war nur einige Minuten entfernt. Von dort aus würde ich ein Taxi nehmen, sollte es notwendig werden. Es war erstaunlich, wie viele Gäste schon zu so früher Stunde in dem Café waren – das registrierte ich zum ersten Mal, als ich an diesem Morgen eintrat.

Während ich zu meinem Tisch ging, nahm ich wie gewohnt eine Tageszeitung vom Zeitungsregal.

„Guten Morgen, mein Herr, was darf ich Ihnen bringen?", fragte eine mir unbekannte Stimme, als ich Platz nahm.

Ich hatte den gewohnten Singsang von Leo erwartet, mit seinem charmanten: „Guten Morgen, wie immer, Herr Direktor?" Irritiert blickte ich hoch und sah, dass ein neuer Ober auf meine Bestellung wartete.
„Ist der Leo heute nicht da?", fragte ich. „Nein, der Leo wurde gestern ins Krankenhaus eingeliefert, Herzinfarkt", sagte er. „Mein Name ist Arthur", stellte er sich vor. Leo! Der immer die Ruhe in Person war und so ausgeglichen. Er hatte mir erzählt, dass er bald in Rente gehen werde und sich schon freue, endlich mehr reisen zu können und mehr Zeit für seine Enkelkinder zu haben.

„Arthur, bringen Sie mir bitte eine Kanne Kaffee und kalte Milch, zwei Joursemmerln und ein Kipferl, sowie Butter und Marmelade", sagte ich. „Sehr wohl, kommt sofort, mein Herr", antwortete er mit einer Höflichkeit, die wohl nur dem Wiener Ober der alten Schule zu eigen ist. Ein gutes Frühstück war für mich ein wichtiger Tagesbeginn. Obwohl ich beruflich sehr viel mit Menschen zu tun hatte, gab es kaum die Möglichkeit, mit jemandem wirklich nahe in Kontakt zu kommen. Als Security auf Abruf war es auch besser, allein zu sein und sich nicht vielen anderen gegenüber zu öffnen, was natürlich auch oft einsam machte.

Der Ober Leo war einer der wenigen Menschen, mit denen ich in der kurzen Zeit im Café über mehr private Dinge gesprochen hatte als mit anderen den ganzen Tag über. Seine Diskretion kam mir sehr entgegen und schuf persönliches Vertrauen.

Ich hatte fast das Frühstück beendet, da kam Arthur an meinen Tisch. Er beugte sich zu mir herab: „Soeben haben wir die Nachricht erhalten, Leo hat es nicht geschafft", sagte er ganz leise. Ich war bestürzt. Mein Gott, wie schnell es gehen konnte, dass man abberufen wurde.

„Arthur, ich möchte zahlen", sagte ich. Während ich die Rechnung beglich, läutete mein Handy. „Ja, bitte?", meldete ich mich kurz.

Es war mein Chef. Ich möge um 15 Uhr reisefertig sein, ich würde abgeholt, um nach München gebracht zu werden. Ein neuer Auftrag erfordere dort für längere Zeit meine Anwesenheit. In München sei alles vorbereitet, und um alles andere hier werde man sich kümmern.

Auf der Straße

Missmutig, wie jeden Morgen, in meinem Rhythmus der Eintönigkeit, ging ich zur U-Bahnstation, um ins Büro zu fahren.

Als ich mich dem Abgang zur Station näherte, hörte ich Geigenmusik. Zunächst störte sie mich, weil ich sie für das übliche lieblose Gefiedel hielt, wie es die Straßenmusikanten hier absonderten.

Doch im Näherkommen registrierte ich, dass diese Musik anders klang. Ich nahm den Urheber genauer in Augenschein.

Da stand ein Mann, dessen Alter ich schwer einschätzen konnte, vor dem Abgang zur U-Bahn, mit grauem Haar, das ihm bis zur Schulter hing. Vor ihm auf dem Boden ein geöffneter Geigenkasten, in dem einige Münzen lagen.

Ich blieb kurz stehen. Er spielte mit geschlossenen Augen, ganz der Musik hingegeben, Passagen aus Vivaldis „Vier Jahreszeiten", gefühlvoll und mit einer Leichtigkeit, die ich diesem Mann nicht zugetraut hätte.

Auch das war ungewöhnlich für einen Straßenmusikanten: Seine Auf- und Abstriche, besonders das Crescendo, waren geschmeidig und elegant, der Bogen aus dem Handgelenk geführt. Erstaunlich, so etwas auf der Straße zu sehen.

Er bemerkte nicht, dass ich ihm einige Münzen in den Kasten warf, so vertieft war er in sein Spiel.

Den ganzen Tag über musste ich an den alten Mann denken. Am Abend kam ich nicht an der Station vorbei, doch am nächsten Morgen ging ich flotter als sonst meinen Weg zur U-Bahn. Er war wieder da. Diesmal blieb ich länger stehen. Fasziniert lauschte ich der Musik. Ich hatte als Kind acht Jahre lang Violine gelernt, es aber aus finanziellen Gründen aufgeben müssen.

Wer war er, woher kam er, wieso spielte er hier? Diese Fragen gingen mir durch den Kopf. Wieder waren nur wenige Münzen in seinem Kasten. Zwei Euro vielleicht, mehr war es nicht. Ohne es begründen zu können, interessierte mich das Schicksal dieses Mannes. Als er kurz eine Pause machte, fragte ich ihn spontan, ob er schon etwas gefrühstückt hätte. Er verneinte.

„Darf ich Sie auf ein Frühstück einladen?", fragte ich.

„Sehr gerne", antwortete er mit einem schweren Akzent. Ich rief schnell im Büro an, dass ich etwas später kommen würde. Fast zärtlich packte er inzwischen seine Geige in den Kasten.

Gleich um die Ecke der U-Bahnstation war ein kleines Kaffeehaus. Während des Frühstücks versuchte ich meine Fragen loszuwerden. „Woher kommen Sie?", fragte ich ihn.

Er stand auf, verbeugte sich und stellte sich als Sergej S. vor. „Nennen Sie mich bitte Sergej. Ich komme aus der Ukraine."

„Sergej, ich bin Anna", stellte ich mich meinerseits vor.

Er erzählte mir, dass er schon fast ein halbes Jahr im Männerheim für Obdachlose hier im Bezirk wohne. Er sei über Polen nach Österreich geflüchtet. Österreich sei immer ein Traum für ihn gewesen, schon der Musik wegen, erzählte er weiter. Kurz entschlossen fasste ich einen Plan. Ich wollte dem Mann helfen. Nicht mit ein paar Münzen, sondern nachhaltig, wie, das war mir in diesem Moment noch nicht ganz klar. „Darf ich Sie am Abend vom Heim abholen?", fragte ich ihn. „Ich würde mich gerne mit Ihnen unterhalten. "Er überlegte eine Weile, dann sagte er: „Gerne – wissen Sie, wo das Heim ist?"

Ich bejahte, gab ihm aber zur Sicherheit meine Visitenkarte.

„Sollte etwas dazwischen kommen, rufen Sie mich bitte an oder lassen Sie mich vom Heim verständigen", sagte ich. „Ich muss jetzt leider ins Büro. Ich hole Sie um fünf Uhr ab." Wir gingen zurück zur U-Bahn. Er packte wieder seine Violine aus. Ich wollte ihm noch einen Geldschein zustecken und überlegte es mir dann doch. Ich war im Zweifel, ob es gut ankommen würde. Ich war Feuer und Flamme, dem Mann zu helfen. Irgendwie fühlte ich mich hingezogen zu ihm. Im Büro machte ich früher Schluss und fuhr zu einem Freund, Fotis, einem Griechen, der ein Restaurant besaß. Ich erzählte ihm die ganze Geschichte. Während unseres Gespräches kam mir eine Idee.

„Ich komme am Abend mit ihm zu dir zum Abendessen", sagte ich zu ihm. „Vielleicht fällt uns gemeinsam etwas ein, hier können wir in Ruhe plaudern", sagte ich. „Super-Idee", meinte Fotis. Als ich um fünf Uhr im Männerheim ankam und nach Sergej, dem Geigenspieler fragen wollte, traute ich meinen Augen nicht. Sergej saß wie ein Häufchen Elend auf einer Bank im Foyer, seinen Geigenkasten auf den Knien, und schaute unentwegt zur Türe. Als er mich sah, huschte ein Lächeln über sein Gesicht. Er stand auf und begrüßte mich höflich.

Ich wollte ihn nicht darüber im Unklaren lassen, was ich vorhatte. „Wenn Sie nichts dagegen haben, fahren wir zu einem Freund, und beim Abendessen können Sie mir mehr über sich erzählen." „Gerne", meinte er. Während des Essens bemerkte ich, wie Sergej immer mehr auftaute und sich staunend im Lokal umsah. Danach setzte sich mein Freund zu uns an den Tisch. Ohne dass wir ihn hätten auffordern müssen, begann Sergej, wenn auch stockend, zu erzählen. Er sagte: „Es ist noch nicht lange her, dass ich in so vornehmen Lokalen war, und doch kommt es mir wie eine Ewigkeit vor. In meiner Zeit als Geiger in einem ukrainischen Orchester in Sewastopol konnte ich es mir leisten, in solchen Lokalen zu speisen. Ich lebte alleine, meine Frau war schon vor längerer Zeit verstorben, und Kinder habe ich keine. Ich habe alles zurückgelassen außer meiner Geige.

Hals über Kopf flüchtete ich, gerade 50 Jahre geworden, als 2013 der Konflikt in der Ukraine ausbrach und sich eine Übernahme der Krim durch die Russen abzeichnete. Durch gute Freunde wurde ich rechtzeitig gewarnt. Wegen meiner negativen Einstellung zur prorussischen Regierung war ich nicht mehr sicher, es existierten bereits Listen von unerwünschten Personen, unter denen auch ich mich befand. Für kurze Zeit konnte ich in der Ostukraine bei Freunden unterkommen. Als hier die Kämpfe aber immer heftiger wurden, flüchtete ich nach Polen. Leider war es in Polen unmöglich, als Musiker Arbeit zu bekommen, noch dazu als Flüchtling. Ich beschloss, mich nach Österreich durchzuschlagen. Nach Österreich wollte ich schon immer. In Deutschland hätte ich ohnehin kein Asyl bekommen. Auf nicht immer legalen Wegen gelang es mir schließlich, hierher zu kommen. Ich habe jetzt zwar eine Aufenthaltsgenehmigung, aber keine Arbeitsgenehmigung. Ich darf nur als Straßenmusiker tätig sein. Das Quartier im Männerheim ist auch nicht auf ewig sicher. Gelernt habe ich nichts außer Musik zu machen." Wir beide, mein Freund und ich, hatten nur betroffen zugehört. Nach einigen Minuten des Schweigens fasste ich kurzerhand einen Entschluss. „Fotis, was hältst du davon, wenn ich hier im Lokal eine Lesung veranstalte und Sergej diese musikalisch begleiten würde?", fragte ich. Mein Freund wusste ja, dass ich eine Hobbyautorin war und meine Werke im „Self-Publishing" vermarktete. Fotis fand die Idee großartig. Als wir gemeinsam auch Sergej überzeugen konnten, der anfänglich etwas zögerlich war, war der Plan gefasst. Sergej blühte förmlich auf und sah um Jahre jünger aus. „Darf ich?", fragte er und holte seine geliebte Violine aus dem Kasten. Es war spät geworden, mein Freund schloss das Lokal und Sergej spielte nur für uns. Es war ein besonderes Erlebnis, diesem außergewöhnlichen Künstler zuzuhören. Nachdem ich Sergej wieder ins Heim gebracht hatte, fuhr ich mit einem Gefühl der Zufriedenheit nachhause.

Am nächsten Morgen vermisste ich Sergej an der U-Bahnstation. Meine Gedanken rotierten. Es war ihm doch hoffentlich nichts zugestoßen? Vom Büro aus rief ich im Männerheim an und erkundigte mich, warum Sergej, der Geigenspieler nicht mehr vor der U-Bahnstation spielte. Man sagte mir, es habe Beschwerden wegen Lärmbelästigung gegeben, und er spiele jetzt in der Fußgängerzone. Als ich ihn dort fand, strahlten seine Augen. Diesmal hatte ich keine Bedenken mehr, ihm einen 5-Euro-Schein in die Tasche zu stecken, und warf noch einige Cents in den Kasten.

„Sergej, bitte rufen Sie mich nächste Woche an, dann weiß ich schon den Termin für unsere Veranstaltung", sagte ich leise zu ihm.

„Danke", erwiderte er ebenso leise, es sollte niemand anderer hören, und drückte fest meine Hand.

Dann war er da – der Tag der Lesung. Wir hatten Einladungen an Verwandte und Bekannte sowie an Stammkunden des Lokals versendet. Ich holte Sergej vom Heim ab. Wir bereiteten alles für unseren Auftritt vor. Langsam füllte sich das Lokal. Mein Freund hängte noch ein Schild an die Eingangstüre: „Geschlossene Gesellschaft".

Ich begann aus meinen Büchern Geschichten und Gedichte zu rezitieren. Zwischendurch spielte Sergej die passende Musik.

Die Veranstaltung war ein voller Erfolg.

Die Einnahmen aus dem Verkauf meiner Bücher überließ ich natürlich Sergej. Außerdem stellte ich ihn den Besuchern vor und erzählte von seinem Schicksal, und dass dies eine Benefizveranstaltung für ihn sei. Viele der Besucher gaben mehr, als ein Buch kostete. Fast alle, es waren immerhin an die 80 Personen, wollten wissen, ob und wann man Sergej das nächste Mal werde hören können. Auch mein Freund war von dem Echo überrascht und gab spontan 400 Euro zum Erlös. Er dachte schon über die nächste Veranstaltung nach. Bald sprach es sich herum, dass hier ein Meister am Werk sei. Es dauerte nicht lange, und Sergej fand einen Platz in einem Quartett, welches gelegentlich auf Veranstaltungen spielte.

Bei meinem Freund war über dem Restaurant ein Zimmer frei geworden, das er Sergej günstig vermietete. Auch konnte er sich bei ihm zu Personalpreisen verköstigen.

Ein Anfang war gemacht, um Sergej wieder ein geregeltes Leben zu ermöglichen. Vor der U-Bahn spielte er nicht mehr. Bald danach kamen mir auf meinem morgendlichen Weg wieder die üblichen schneidenden Klänge aus der Harmonika eines Straßenmusikanten entgegen. Diesmal störten sie mich nicht. Irgendwie war ich ein wenig stolz auf mich, nicht weggeschaut, sondern etwas getan zu haben.

Das Fenster

An einem wunderschönen Frühlingsmorgen unternahm Kurt, ein sportlicher junger Mann Mitte 30, die erste Motorradtour in dieser Saison. Er fuhr vorsichtig und genoss das Vorbeiziehen der Landschaft. Plötzlich begann es leicht zu regnen. Kurt war sich der Gefahr durchaus bewusst und drosselte seine Geschwindigkeit noch mehr – trotzdem geschah, was er verhindern wollte: In einer Rechtskurve rutschte ihm auf der nassen Straße die Maschine weg und schlitterte über den Asphalt.

Kurt fiel so unglücklich, dass er seine Beine nicht mehr bewegen konnte. Er sah nur noch, wie auf der anderen Straßenseite ein Auto in die Maschine krachte. Dann wurde ihm schwarz vor Augen. Er kam zu sich und hatte zuerst keine Ahnung, wo er war.

Der Raum war abgedunkelt. Geräte summten und tuteten leise. Er war fest in etwas eingepackt, was wie ein Kokon wirkte, und bekam Luft durch einen dicken Schlauch. Langsam kehrte die Erinnerung an den Unfall zurück.

Ein paar Tage später, man hatte ihn inzwischen in ein anderes Zimmer verlegt, fragte ihn der Primar bei der Morgenvisite mit ernster Miene: „Erinnern Sie sich an Ihren Unfall?" – „Ja, ich erinnere mich dunkel. Ich kann meine Beine nicht bewegen, was ist damit?"
Kurt versuchte seine Unruhe zu verbergen. „Leider sieht die Diagnose derzeit nicht gut aus", sagte der Chef. Sie werden vermutlich den Rollstuhl zu Hilfe nehmen müssen."

Kurt wusste, was das bedeutete, aber er bezog es keinesfalls auf sein ganzes restliches Leben. „Aber das wird wieder, oder?", fragte er beiläufig, weil er die Antwort fürchtete. Ausweichend sagte der Arzt: „Wir müssen noch weitere Untersuchungen abwarten. Erst dann können wir ein endgültiges Urteil abgeben. Sie brauchen jetzt vor allem Geduld."

Es folgten noch viele Untersuchungen. Allmählich begriff Kurt, wie ernst es wirklich um ihn stand.

Die Sorgen, wie sich sein Leben danach gestalten sollte, wurden immer konkreter.

Kurts Eltern waren früh verstorben, und im Moment war er auch solo. Seine Freundin hatte ihn vor einem halben Jahr verlassen und war nach Italien gezogen.

Wenige Besucher kamen zu ihm ans Krankenbett, manchmal schaute ein Kollege vorbei.
Sonst nur quälende Einsamkeit und viel Zeit zum Nachdenken. Wie sollte es mit der Arbeit weitergehen?
Kurt war Vertreter für Autozubehör und arbeitete weitgehend selbstständig. Wie sollte er den Alltag bewältigen? Er besaß kein eigenes Fahrzeug, bisher hatte er ein Firmenauto gehabt.

Alle waren schuld an seinem Schicksal. Gott, der es genau zu der Zeit des Unfalls regnen hatte lassen, die Ärzte ohnehin, Schwestern und Therapeuten, die ihn nur quälten   .
Es folgten viele Wochen Krankenhausaufenthalt, anschließend drei Monate Reha. Er wollte nicht akzeptieren, dass er an den Rollstuhl gefesselt war.

Sein Zorn auf die Welt wurde mit jedem Tag größer.

Kurt lebte in einer Mietwohnung im 3. Stock in einem Wiener Außenbezirk. Mit dem Rollstuhl in das Haus zu gelangen war kein Problem, auch den Aufzug konnte er gut erreichen. In der Wohnung waren nur das Bad und die Toilette Hindernisse für seinen Rollstuhl, hier musste er Umbauarbeiten durchführen lassen.

Die größte Unannehmlichkeit für ihn war, wenn er doch einmal Wege in der Stadt hatte, jedes Mal ein Taxi für einen Behindertentransport zu bestellen. Kurt versuchte nicht einmal, an sein früheres Leben anzuknüpfen. Seine Arbeit hatte er aufgeben müssen. Er ging so gut wie nie in die Öffentlichkeit, traf niemanden und lud niemanden zu sich ein. Sein einziger Blick in das wahre Leben war ein Fenster, welches auf die Straße ging.

Ab und zu sah er missmutig hinunter, sonst hockte er nur vor dem Computer, was er früher nie getan hatte und tauchte viele Stunden lang in eine Spielwelt ein, die ihm die Illusion verschaffte, sich ungehindert überallhin bewegen zu können. Er, der es genossen hatte, unter Menschen zu sein, hasste diese jetzt.

Einmal in der Woche kam eine Betreuerin. Sie besorgte für Kurt die nötigen Einkäufe und hielt die Wohnung in Ordnung. Kurt war immer froh, wenn sie wieder verschwunden war. Als er eines Tages aus dem Fenster blickte, bemerkte er vis-à-vis eine Gruppe junger Leute. Es war nicht neu für Kurt.

Er wohnte gegenüber einer der Villen, die der Architekt Adolf Loos entworfen hatte. Regelmäßig kamen Architekturstudenten, um den markanten Baustil vor Ort zu analysieren. Neu war, dass diesmal anscheinend eine Professorin dabei war. Sie schien der Gruppe die Architektur der Villa zu erläutern und deutete dabei auch ab und zu auf die umliegenden Gebäude.

Anscheinend ging es um die Höhe der Dächer, und plötzlich hatte Kurt den Eindruck, als zeigte sie genau auf sein Fenster. Er winkte ihr spontan zu, ohne besonderen Grund. Dann glaubte er, sie hätte kurz innegehalten, bevor sie sich wieder zu ihren Studenten umdrehte.

Kurt zog es jetzt immer öfter zum Fenster. Eines Tages war sie wieder mit einer Gruppe da. Kurt hatte sich ein Fernglas parat gelegt, um sie besser sehen zu können.
Er sah eine hübsche Frau, groß, schlank, mit kurzen braunen Haaren. Sie schien ungefähr in seinem Alter zu sein. Und wieder zeigte sie auch zu seinem Haus, und ihr Blick schien an seinem Fenster hängen zu bleiben.

Kurt winkte wieder, und es schien ihm auch, als hätte sie ihn gesehen. Durch das Fernglas glaubte er sogar zu beobachten, dass sie lächelte.
148

Kurt war wie ausgewechselt, seine Verbitterung wie wegge-wischt. Er wollte unbedingt diese Frau kennen lernen. Er überlegte, ob er nicht seine Telefonnummer auf eine Tafel schreiben solle, verwarf aber den Gedanken sofort. Wie sollte sie die auf diese Entfernung lesen können. Er nahm sich vor, beim nächsten Mal zu ihr hinunter zu fahren, obwohl ihm jetzt schon davor graute.

Dann war der Tag gekommen. Kaum hatte er die Gruppe ge-sehen, nahm er allen Mut zusammen und wagte es.
Um die Gelegenheit ja nicht zu verpassen, stürmte er im Roll-stuhl so schnell aus dem Haus und auf die Straße, dass er ein Auto übersah, das gerade noch mit rauchenden Reifen knapp vor ihm anhalten konnte. Die Gruppe, die auf die Szene auf-merksam geworden war, ging zu ihm und wollte wissen, ob alles in Ordnung sei.

„Ja, ja, danke, nichts passiert", sagte er. Dann fasste er sich ein Herz und fragte: „Darf ich Ihnen vielleicht auch zuhören? Ich sehe Sie ab und zu von oben und finde es toll, wie Sie das machen." „Gerne, es ist nur so, ich führe den Herrschaften gerade das Haus vor, da kann ich Sie nicht hinein mitnehmen, es tut mir leid ... es sei denn, sie wollten das Haus kaufen", antwortete sie lächelnd. „Oder interessieren Sie sich so sehr für Architektur?" Sie warf ihm einen schelmischen Blick zu. „Ja, auch ...", stotterte Kurt. Er meinte eher sie, aber so direkt konnte er mit der Türe nicht ins Haus fallen. Sie verschwand mit den Interessenten im Haus, Kurt blieb etwas verdattert auf dem Gehsteig zurück. Als sie nach 20 Minuten wieder vor das Haus traten, war Kurt noch an derselben Stelle.

Die junge Frau war offensichtlich überrascht. „Schaffen Sie es nicht zurück? Brauchen Sie Hilfe?", fragte sie Kurt. „Nein, das ist es nicht", drückte Kurt ein wenig herum, „ich komme kaum aus meiner Wohnung und habe Sie schon ein paar Mal von oben gesehen. Dürfte ich Sie vielleicht einmal auf einen Kaffee einladen?" Jetzt war es gesagt, Kurt erwartete eine Abfuhr und saß wie auf Nadeln. Doch sie schaute ihn nur an und sagte: „Vielleicht, hier ist meine Karte, rufen Sie mich bei Gelegenheit an", und gab ihm lächelnd ihre Visitenkarte. Kurt rief gleich am nächsten Tag an. Sie verabredeten sich in einem Kaffeehaus im 13. Wiener Gemeindebezirk. Beim Kaffee erzählte Jennifer, sie habe vor zwei Jahren ihren Master in Architektur gemacht und wollte dann eigentlich Assistentin werden, doch die Chancen dafür seien schlecht gewesen. So sei ihr bisheriger Nebenjob als Immobilienmaklerin jetzt im Moment ihr Beruf. Sie lebe alleine und wohne zurzeit bei ihrer Mutter. Kurt konnte erstmals über sein Schicksal reden, und sie war eine gute Zuhörerin. Besonders gefiel ihm, dass sie sich für sein Schicksal interessierte, ohne ihn zu bemitleiden. Bei beiden knisterte es ordentlich. Sie verabredeten sich, um nächste Woche gemeinsam den Tiergarten Schönbrunn zu besuchen.

Kurt blühte immer mehr und mehr auf, wenn er Jennifer sah. Es folgten weitere Treffen und gegenseitige Besuche. Die beiden verstanden sich immer besser.

Da Jennifer leidenschaftliche Läuferin war, animierte sie Kurt, trotz seiner Behinderung wieder Sport zu treiben.

„Ich fahre morgen in den ‚Maurerwald‘, zum Laufen. Soll ich dich abholen?", fragte sie. Kurt kannte die bei Läufern beliebte Gegend. Er war unsicher. Als ob sie seine Bedenken erahnte, meinte sie: „Wegen dem Rollstuhl mach dir keine Sorgen, mein Auto ist groß genug."

Tatsächlich, mit ihrer Hilfe waren alle Schwierigkeiten, die er vor sich gesehen hatte, leicht zu bewältigen. Er hatte wider Erwarten großen Spaß an der Bewegung im Freien. Kurt war so angetan von dem Ausflug, dass er beschloss, einen Rollstuhl zu kaufen, mit dem er leichter Sport ausüben konnte als mit dem jetzigen Basismodell von der Krankenkasse. Jennifer gelang spielend, was die vielen Therapeuten nicht geschafft hatten, Kurt wieder hinaus in die von ihm so geliebte Natur zu bringen. Die beiden verbrachten jetzt noch mehr Zeit miteinander.

Kurt fand endlich aus seinem Tief heraus. Mit Jennifer kam die Freude am Leben und am Sport wieder zurück.

Eines Tages besuchte sie ihn in seiner Wohnung und sagte:

„Komm, Kurt, ich hab eine Überraschung für dich."

Unten angekommen, sah er, dass genau vor dem Haus ein offener Jeep parkte.

„Es ist zwar kein Motorrad, aber du kannst dir, wenn wir gemeinsam unterwegs sind, ebenso den Wind um die Ohren blasen lassen", sagte sie lachend. „Ich wollte schon lange so einen Wagen", ergänzte sie. Kurt war glücklich. Jennifer beugte sich zu ihm hinab und flüsterte: „Ich liebe dich!" „Ich dich auch, schön, dass es dich gibt", antwortete er und seine Augen füllten sich mit Tränen.

Ab nun fuhren sie nicht nur gemeinsam durchs Leben, sondern all die Strecken ab, auf denen Kurt früher mit dem Motorrad unterwegs gewesen war.

Kurschatten

Ludwig betrat das Restaurant des Kurhotels, er war neugierig, wer heuer seine Tischnachbarn sein würden.
In den vielen Jahren, in denen er hier schon zur Kur gewesen

war, hatte er so manches erlebt. „Tisch Nr. 25", stand auf der Kurkarte – er war für vier Personen.

Drei Personen saßen schon am Tisch.

„Mein Name ist Ludwig", stellte er sich vor, wie hier üblich nur mit dem Vornamen. Die drei stellten sich ebenfalls vor. Agnes und Alois, ein älteres Ehepaar, und Eva, eine sehr adrette Dame, Mitte vierzig, schätzte er – so alt, wie er selbst war.

Während des Essens beobachtete Ludwig Eva aus den Augenwinkeln. Auch Eva warf ihm hin und wieder einen Blick zu. Es war von Anfang an ein Knistern zwischen ihnen. Ob er auch das erste Mal hier sei, wollte Alois wissen. Peter erzählte, dass er schon seit Jahren immer für vierzehn Tage hierherkomme.

Auch für sie sei es das erste Mal, sagte Eva.

Sie wandte sich an Ludwig: „Dann kennst du dich ja gut aus hier in der Gegend, oder?" „Nicht nur deswegen, ich verbrachte einen Teil meiner Jugend hier, in dieser Zeit wurde auch das Kurhotel gebaut", antwortete Ludwig lächelnd.

„Ich fotografiere gerne und bin immer auf der Suche nach schönen, lohnenden Motiven", sagte Eva. „So ein Zufall, da haben wir ja etwas gemeinsam. Ich bin auch leidenschaftlicher Fotograf", erwiderte Ludwig erfreut und erstaunt zugleich. Agnes und Alois zogen sich auf ihr Zimmer zurück. Ludwig schlug Eva vor, noch in die Cafeteria des Hotels zu gehen. Eva war einverstanden, und beim Kaffee redeten sie ausführlich über ihr Hobby.

Sie beschlossen, sich am nächsten Tag, nachdem sie vom Arzt ihren Therapieplan und die Termine dafür erhalten haben würden, zu überlegen, wann sie gemeinsam etwas unternehmen könnten.

Es zeigte sich, dass die Vormittage mit Behandlungen ziemlich ausgefüllt waren. Manchmal dauerten die Therapien auch bis zum späten Nachmittag. „Da wird uns nicht viel Zeit zum Fotografieren bleiben", sagte Eva. Oft aber hatten sie dazwischen zur gleichen Zeit eine Pause, die sie in der Cafeteria verbrachten.

Allmählich lernten sie sich näher kennen. Ludwig erzählte, er sei seit einem Jahr geschieden. Eva war ebenfalls geschieden, hatte aber seit einiger Zeit einen Freund.

„Ich denke, wir werden erst am Wochenende zum Fotografieren kommen, wenn wir keine Therapien haben", sagte Ludwig. Eva war derselben Meinung. Da fiel ihr Blick auf ein Plakat: „Jeden Dienstag und Donnerstag Tanzabend ab 20 Uhr". „Tanzt du gerne? Schau!", sie zeigte auf das Plakat.

„Eine gute Idee! Wollen wir hingehen?", fragte Ludwig.

„Unbedingt", sagte Eva und lachte. Zwei kleine Hotels im Ort boten diese Tanzabende an. Am Dienstag das eine, am Donnerstag das andere.

Heute war Dienstag. Beim Abendessen fragten sie Agnes und Alois, ob sie zum Tanzabend mitkommen wollten, doch die beiden verneinten.

Es wäre nicht ihre Art von Musik, bedauerten sie. Doch insgeheim wollten sie die beiden lieber sich selbst überlassen, weil sie bemerkt hatten, dass da zwischen Eva und Ludwig etwas vorging.
Kurz nach 20 Uhr begann die Musik. Ein DJ sorgte für das nötige Anheben der Stimmung. Die Musik war gut zusammengestellt, schöne, nicht zu laute Tanzmusik.

Es kam, wie es kommen musste. Die beiden kamen einander beim Tanzen ziemlich nahe. Eva schmiegte ihren Körper fest an Ludwig. „Das ist schön, dich zu spüren", flüsterte er ihr ins Ohr. Eva gab ihm einen zärtlichen Kuss auf die Wange. Um 22 Uhr war leider damit Schluss, der Tanzabend zu Ende.

Im Hotel verabschiedete sich Ludwig und meinte: „Danke für den schönen Abend." „Ja, es war ein wunderschöner Abend, danke", sagte Eva und gab ihm einen flüchtigen Kuss auf die Wange.

Am nächsten Morgen beim Frühstück begrüßte Ludwig Eva mit einem breiten Lächeln: „Guten Morgen! Na, gut geschlafen?" „Danke, wunderbar", antwortete Eva und lächelte ihn an. Agnes und Alois warfen einander einen Blick zu und mussten schmunzeln.

Der Mittwoch war ausgefüllt mit Therapien, und sie waren am Abend zu erschöpft, um noch etwas zu unternehmen.

Doch am Donnerstag gingen sie wieder zum Tanzen. Ludwig konnte es kaum erwarten, sie wieder im Arm zu halten. Eva wäre am liebsten nur auf der Tanzfläche geblieben. Bei den langsamen Tänzen spürten sie ihre Körper und schmusten ungeniert. Auch an diesem Tag war der Tanzabend nach zwei Stunden zu Ende, und sie mussten zurück ins Hotel. Diesmal begleitete Ludwig Eva bis vor ihre Tür. Er zog sie zu sich und küsste sie leidenschaftlich. „Schlaf gut", sagte er leise.

Eva drehte sich um und sperrte die Türe auf. „Du auch", sagte sie. Ludwig drehte sich um, um wegzugehen, da zog Eva ihn wortlos ins Zimmer.

Am nächsten Morgen beim Frühstück wussten sie nicht so recht, was sie sagen sollten. Nach der üblichen Begrüßung meinte Ludwig: „Wenn es schön bleibt, können wir am Wochenende endlich fotografieren." „Ich fürchte, daraus wird nichts, ich bekomme Besuch übers Wochenende. Ich bekam heute früh einen Anruf", sagte Eva.

„Schade – ich meine, dass wir nicht fotografieren können", sagte Ludwig. In Wirklichkeit dachte er natürlich, schade, nicht die Zeit mit Eva verbringen zu können.

In den Pausen zwischen den Therapien am Freitag trafen sie sich wie immer in der Cafeteria. „Es tut mir so leid, aber mein Freund hat nur dieses Wochenende frei, nächste Woche ist er auf Geschäftsreise. Dann haben wir Zeit für uns", sagte Eva.

„Ich habe mich schon so gefreut, aber da kann man nichts machen", sagte Ludwig. Am Samstag, gleich nach dem Frühstück, verabschiedete sich Eva schnell.

„Mein Besuch wird bald hier sein", meinte sie und verschwand in der Hotellobby.

Agnes und Alois schauten zu Ludwig, der ließ sich aber nicht anmerken, wie ihm zu Mute war.

„Ich werde dann auch losziehen, habe vor, ein paar Verwandte zu besuchen. Die in der Nähe wohnen", ergänzte er.

Alois und Agnes wünschten ihm noch einen schönen Tag. Ludwig war neugierig auf Evas Freund. Er ging langsam hinaus auf die Straße, da bemerkte er schon Eva, wie sie telefonierte. Er versteckte sich hinter einem Auto. „Eigentlich blöd, ich benehme mich wie ein verliebter Teenager", dachte er.

Er sah, wie ein Auto neben Eva hielt, in das sie einstieg, und dann langsam Richtung Haupteingang fuhr.

Irgendwie kam ihm dieses Auto bekannt vor.

So schnell er konnte, nahm er eine Abkürzung zum Eingang des Hotels. Er kam gerade rechtzeitig, um zu sehen, wie Eva eng umschlungen mit einem Mann das Hotel betrat und sie die Cafeteria ansteuerten.

Ludwig ging, als ob er nichts gesehen hätte, ebenfalls dorthin. Jetzt konnte er das Gesicht des Mannes genauer sehen. Er blieb wie angewurzelt stehen.

Der Mann an Evas Seite war Herr K., ein Mieter im Haus, das Ludwig bewohnte, der verheiratet war und drei Kinder hatte. Vor Ludwigs Abreise hatte er ihm, als sie sich zufällig im Stiegenhaus trafen, noch scheinheilig geklagt, wie wenig Zeit ihm sein Beruf für seine Familie ließe.

Für Sekunden traf sich Ludwigs Blick mit dem von Eva.

Er bemerkte, dass Eva etwas unsicher wurde. Ludwig überging schnell die Situation, indem er sich einen Platz suchte. Kurz darauf verließen Eva und Herr K. die Cafeteria wieder und ließen sich das ganze Wochenende über nicht blicken. Ludwig überlegte lange und entschied dann, weder Eva noch

Herrn K. gegenüber irgendeine Bemerkung darüber fallen zu lassen, was er über die beiden wusste.

Er kostete die zweite Woche mit Eva voll aus, ließ sich die Behandlungen wohltun und fühlte sich als Kavalier, der genießt und schweigt.

Spätes Glück

Käthe, eine Ministerialratswitwe, war schon spät dran, schnell räumte sie noch die gesammelten Brotreste in einen Plastiksack und verließ die Seniorenresidenz am Stadtrand, in der sie seit einigen Jahren wohnte.

Sie wollte pünktlich sein, nicht wegen der Enten im Stadtparkteich, die würden ohnehin warten, sondern wegen Arthur.
Er war ein rüstiger Mann Mitte 80, der immer zum Entenfüttern hierher kam. Nun fuhr sie beinahe täglich mit dem Bus, der genau vor der Residenz eine Station hatte, zum Stadtpark, um ihn zu sehen. Trotz ihrer fast 80 Jahre spürte sie in seiner Nähe ein jugendliches Kribbeln im Bauch.

Als sie einander vor einigen Wochen zufällig hier getroffen hatten, waren sie gleich ins Gespräch gekommen.

Seine Wohnung sei ganz in der Nähe und sein täglicher Spaziergang führe ihn seit seiner Pensionierung immer hierher, hatte er zu erzählen angefangen. Käthe fasste schnell Vertrauen zu ihm und begann ihr Herz auszuschütten.
„Wir wohnten in einem schmucken Einfamilienhaus.
Als mein Mann vor zwei Jahren starb, meinte meine Schwiegertochter, das Haus wäre zu groß für mich alleine und ich hätte es bequemer und besser in einer Seniorenresidenz.

Sie drängte so lange, bis auch mein Sohn in die gleiche Kerbe schlug und ich schließlich um des Friedens willen nachgab."
Ihr Ton bekam eine bittere Färbung.

Er sei schon seit fünf Jahren Witwer, erzählte Arthur. Er sei Beamter im Unterrichtsministerium gewesen. „Wissen Sie, Arthur, was mich am meisten schmerzt?", fuhr sie fort. „Von der Seniorenresidenz, die auf einem Hügel liegt, kann ich genau unser Haus sehen und bekomme mit, wie sich alles verändert."

Dann sagte sie traurig: „Mein Sohn kommt alle zwei Wochen einmal zu Besuch. Wenn ich ihn darauf anspreche, meint er nur, du hast ja das Handy. Wenn etwas ist oder du etwas brauchst, kannst du mich anrufen."

Ihre Augen wurden feucht. „Kaum war ich aus dem Haus, wurden alle Möbel entsorgt – quasi mein Leben auf den Müll geworfen."

„Ich kann mir vorstellen, wie Ihnen zumute ist, Käthe", sagte Arthur. „In unserer Wohnung habe ich nichts verändert seit dem Tod meiner Frau. Ich bringe es nicht übers Herz, mich von etwas zu trennen."

„Ich habe zwei Kinder, meine Tochter lebt in Amerika und mein Sohn in Deutschland", erzählte er weiter. „Solange es geht, möchte ich in der Wohnung bleiben. Es sind zu schöne Erinnerungen damit verbunden."

Er verstummte und sah einer Ente zu, die ihr Gefieder putzte.

„Besuch bekomme ich höchstens einmal im Jahr von meinem Sohn, meine Tochter habe ich schon seit zwei Jahren nicht mehr gesehen.

Geht heute alles über das Smartphone so einfach, finden die Kinder immer", sagte Arthur wehmütig. Das war ihre erste Begegnung gewesen.
Käthe sah schon von weitem, dass Arthur wie gewohnt auf der Bank saß. Auch er bemerkte sie und begrüßte sie freudig.

„Was für ein herrlicher Tag heute, nicht wahr?", sagte er. „Ja, da kann man nicht zuhause bleiben", erwiderte sie lächelnd.

„Heute habe ich aber leider nicht viel Zeit. Ich gehe am Abend in ein Klavierkonzert", erklärte sie dann. „Ich habe ein Abonnement für das Konzerthaus."

„Wie schön!", erwiderte Arthur. „Ich liebe klassische Musik. Meine Frau spielte gerne und gut Klavier, und wir gingen sehr oft in Konzerte." Dann sagte er: „Alleine etwas zu unternehmen, dazu fehlt mir einfach die Lust. Nur meine täglichen Spaziergänge im Park möchte ich nicht missen."

„Ich spiele auch Klavier", erwiderte Käthe. „So gut es eben noch geht, mit meinen Gichtfingern", ergänzte sie und warf den Enten auf dem Teich Brotkrümel zu.
„In der Seniorenresidenz spiele ich manchmal bei geselligen Abenden." Käthe verabschiedete sich bald. Sie müsse sich ja noch für den Abend schön machen, erklärte sie schmunzelnd.

„Ich wünsche Ihnen einen wundervollen Abend, liebe Käthe", verabschiedete er sich. „Danke, Arthur", erwiderte sie. „Dann bis morgen." Arthur machte sich auf den Weg in seine Wohnung. Es kamen wieder die Erinnerungen an die Konzertbesuche mit seiner geliebten Frau hoch.

Ob er vielleicht mit Käthe einmal in ein Konzert gehen würde, fragte er sich – wünschte er sich.

Am nächsten Tag konnte Käthe es kaum erwarten, in den Stadtpark zu fahren und Arthur alles über das Konzert zu erzählen. Sie war schon bereit wegzugehen, da klopfte es an der Tür. „Ja, bitte!" Es war ihr Sohn! „Hallo Mama!", begrüßte er sie lachend.

„Robert, du? Ist etwas passiert?", fragte Käthe erstaunt.

„Nein, nein, ich war nur gerade in der Gegend und dachte mir, ich schaue kurz vorbei, wie es dir geht", sagte er.

„Du warst doch erst vor einer Woche hier", erwiderte Käthe mit einem ironischen Unterton. „Danke, es geht mir gut. – Aber im Moment habe ich es eilig, ich muss in die Stadt fahren", fügte sie etwas ungeduldig hinzu. „Was machst du denn in der Stadt?", fragte Robert mehr aus Höflichkeit. „Ich habe ein Rendezvous", sagte Käthe rundheraus.

Das saß. Robert war so perplex, dass er gar nicht weiter nachfragte und nur meinte, er könne sie ja mitnehmen.

„Nein, vielen Dank, ich fahre mit dem Bus." Käthe blickte demonstrativ immer wieder auf die Wanduhr. „Du, sei nicht böse, aber ich muss jetzt los", sagte sie schließlich, gab ihm einen Kuss auf die Wange und drängte ihn zur Tür hinaus.

Während sie zum Ausgang gingen, konnte er gerade noch fragen: „Mit wem...?", dann rief sie: „Bis bald, mein Sohn, da kommt mein Bus!" Und weg war sie. Robert blieb kopfschüttelnd zurück. So kannte er seine Mutter gar nicht, so aufgeweckt, sicher und bestimmt. Spontan überlegte er, dem Bus zu folgen, um zu sehen, wen seine Mutter treffen wollte.

Er verwarf den Gedanken aber sofort wieder. Nachdenklich fuhr er nachhause. Auch Käthe dachte während der Busfahrt darüber nach. Hatte sie richtig gehandelt, ihren Sohn so abzufertigen, den sie ohnehin so selten sah?

Arthur erwartete sie schon neugierig.

„Na, wie war das Konzert, liebe Käthe?", fragte er. „Wunderbar, ein junger, noch unbekannter Pianist spielte Auszüge aus dem Klavierkonzert in a-moll op. 16 von Edvard Grieg", erzählte Käthe. „Es ist das einzige, das er vollendet hat."

„Wie schön. Ich kenne das Stück nur mit Orchester", sagte Arthur.

Nachdem sie sich noch einige Zeit über die Musik Griegs unterhalten hatten, meinte Käthe: „Ich habe heute kurz vor dem Weggehen überraschend Besuch von meinem Sohn erhalten." Sie hielt einen Moment inne.
„Ich weiß nicht recht, ob es richtig war. Ich habe ihn förmlich abgewimmelt, um nicht zu spät zu unserem Rendezvous zu kommen", sagte sie. „Was meinen Sie?"

„Liebe Käthe, ich finde, Sie haben es richtig gemacht. Warum sollten wir Alten nicht das Recht haben, unser Leben noch selbst zu organisieren, solange wir selbstständig wohnen und leben können", sagte Arthur. Käthe war erleichtert. Das bestätigte nur, was sie selbst auch dachte.

Sie blieben noch lange auf der Parkbank sitzen und fütterten gemeinsam die Enten.

Langsam kam schon die Dämmerung. Beim Abschied meinte Arthur: „Liebe Käthe, ich wage es, Sie zu fragen, ob Sie vielleicht einmal Lust hätten, mich in meiner Wohnung zu besuchen. Ich würde Sie gerne Klavier spielen hören. Das Klavier ebenfalls", setzte er lächelnd hinzu und bereitete sich insgeheim auf eine Abfuhr vor.

„Darüber würde ich mich sehr freuen", antwortete Käthe.

Sie vereinbarten, dass Arthur sie am Montag um 16 Uhr von der Seniorenresidenz abholen werde.

Heute war Sonntag, und die Sonne schien. Käthe beschloss, den Rest des Tages zuhause zu verbringen. Nach dem Mittagessen hielt sie wie gewohnt ihr Mittagsschläfchen und setzte sich anschließend auf den Balkon, um ein Buch zu lesen.

Da klingelte ihr Handy. Sie sah am Display, dass es ihr Sohn war. „Hallo Robert, was gibt es", begrüßte sie ihn.

„Hallo Mama, bist du zuhause?", fragte er.

„Ja, ja, ich bin hier. Und du hast recht, es ist ja jetzt mein Zuhause", fügte Käthe etwas sarkastisch hinzu. „Wir würden dich gerne besuchen kommen", tönte es aus dem Handy.

„Gut, da freue ich mich aber, bis dann", sagte Käthe und legte auf. Jetzt erst registrierte sie, dass er „Wir" gesagt hatte. Also kam die Schwiegertochter mit. Die hatte sie schon seit gut einem Jahr nicht mehr gesehen. Die beiden brachten Blumen und einen Kuchen mit. „Wo finde ich eine Vase für die Blumen?", fragte die Schwiegertochter. „Dort in der Vitrine", sagte Käthe und zeigte auf den Glaskasten. „Ich mache uns Kaffee", sagte ihr Sohn. Käthe hatte einen kleinen Kaffeeautomaten in ihrem Apartment. Während die Schwiegertochter die Blumen versorgte und der Sohn den Kaffee zubereitete, beobachtete Käthe die beiden.

So freundlich und um sie besorgt waren sie schon lange nicht mehr gewesen. „Du hast jemanden kennengelernt?", fragte die Schwiegertochter beiläufig. „Robert hat es mir erzählt", ergänzte sie. „Ja. Und morgen treffe ich ihn wieder", sagte Käthe mit etwas Trotz in der Stimme.

„Pass ja auf, dass du nicht einem Schwindler in die Hände fällst und ihm womöglich noch Geld gibst", sagte die Schwiegertochter.

„Man muss doch nicht gleich das Schlimmste annehmen", meinte ihr Sohn. „Was macht ihr euch für Sorgen, habt ihr

Angst um euer Erbe?", fragte Käthe gereizt. „Ihr habt ohnehin schon alles, den Großteil meiner Pension verschlingt das Heim und mit dem Taschengeld, das mir bleibt, kann ich wohl machen, was ich will." „So war es nicht gemeint, Mama", sagte Robert.

„Na, wie denn sonst?", fragte Käthe erregt.

„Wir sind eben besorgt um dich", warf die Schwiegertochter ein. „Ja, du besonders", sagte Käthe zynisch. „Ich hätte es besser gefunden, ihr wärt es nach dem Tod deines Vaters gewesen", bemerkte sie mit einem bitteren Blick auf Robert.

Diesem wurde das Gespräch langsam peinlich.

„Komm, lass uns gehen", sagte er zu seiner Frau. „Wir müssen noch Bekannte besuchen", sagte er zu seiner Mutter gewandt.

Die Verabschiedung fiel dementsprechend kühl aus.

Aufgewühlt durch diese Auseinandersetzung, suchte Käthe Ablenkung beim Fernsehen. Langsam beruhigte sie sich wieder. Sie war fest entschlossen, sich ihre Freundschaft mit Arthur nicht verderben zu lassen. Sie freute sich schon darauf, dass er sie abholte.

Am nächsten Tag, pünktlich um 16 Uhr, wie vereinbart, stand Arthur vor der Türe. Da er nicht genau wusste, wie lange es dauern würde, hatte er das Taxi nicht warten lassen. Nach einer herzlichen Begrüßung bot Käthe an, ihm die Seniorenresidenz zu zeigen. Nach dem Rundgang setzten sie sich in die Cafeteria. „Schön haben Sie es hier", sagte Arthur. „Ich weiß nicht, wie lange ich noch alleine in meiner Wohnung leben kann – so etwas wie hier wäre auch für mich angenehm."

„Darf ich uns ein Taxi rufen?", fragte er dann.

„Wir können doch mit dem Bus fahren", wandte Käthe ein.

„Nein, liebe Käthe, für mich ist heute ein besonderer Tag und den möchte ich mit Ihnen alleine genießen und nicht in einem vollen Bus", sagte Arthur lächelnd und rief vom Handy aus ein Taxi.

Arthurs Wohnung lag in der Nähe des Stadtparks. Er war ziemlich nervös, als er Käthe in die Wohnung bat.

Es war das erste Mal, dass seit dem Tod seiner Frau eine andere Frau bei ihm zu Besuch war. Die Wohnung war schön, geräumig und hell. Sie lag im obersten Stock eines Hauses aus dem 19. Jahrhundert und bot einen fantastischen Blick über den Stadtpark.
„Was für eine herrliche Wohnung!", sagte Käthe begeistert, nachdem er ihr alle Räume gezeigt hatte.
„Ja, das ist auch ein Grund, warum ich hier nicht weg möchte", sagte Arthur. Er hatte eine Kleinigkeit zum Essen vorbe-

reitet, und mit einem Glas Sekt stießen sie auf einen schönen Abend an.

„Nun, lieber Arthur, darf ich mir Ihr Klavier ansehen?", fragte Käthe.

„Gerne", antwortete er und führte sie ins Musikzimmer. Käthe nahm am Flügel Platz und begann zu spielen. Er nahm, wie früher auch, als seine Frau spielte, in einem alten Fauteuil Platz und lauschte konzentriert den Klängen, die sie dem Instrument entlockte. Dabei hielt er die Augen geschlossen und gab sich ganz der Musik hin.

Auch Käthe war von der Situation so verzaubert, dass ihre Finger nur so über die Tasten glitten. Schließlich hielt sie inne und klappte langsam den Deckel zu. Eine Weile saßen sie beide still da, dann stand er auf, ging zu ihr und ergriff ihre Hand. „Sie haben mir eine große Freude bereitet", sagte er gerührt.

„Auch für mich war es ein Vergnügen. Ich habe mich schon lange nicht mehr so wohl gefühlt", sagte sie.

„Ich würde mich freuen, wenn Sie mich öfter besuchen kämen und wir bald wieder einen so schönen Abend verbringen könnten", sagte Arthur.

„Das mache ich gerne – und vielleicht begleiten Sie mich einmal in ein Konzert?" Es war spät geworden, und Käthe musste zurück in die Residenz.

„Nun muss ich aber los, sonst versäume ich den letzten Bus", sagte sie. „Ich lasse Sie doch nicht mit dem Bus fahren so spät am Abend, ich rufe natürlich ein Taxi", erwiderte Arthur. Das Taxi war in wenigen Minuten zu Stelle. Arthur begleitete Käthe zum Wagen.

„Lieber Arthur, es war ein wunderbarer Abend, ich danke Ihnen dafür", wollte sich Käthe verabschieden.

„Ich bringe Sie selbstverständlich nachhause", sagte Arthur und öffnete die Wagentüre.

„Sie verwöhnen mich aber sehr", lachte sie.

Während der Fahrt berührten sich zufällig ihre Hände. Sie blickten sich an, zogen aber die Hände nicht zurück. Bei der Seniorenresidenz angekommen, begleitete Arthur Käthe noch bis zum Eingang.

„Ich danke Ihnen für diesen schönen Abend und hoffe, wir können es bald wiederholen", sagte er.

„Das hoffe ich auch, es war der schönste Abend seit langer Zeit für mich", antwortete Käthe.

„Sehen wir uns morgen im Stadtpark?", fragte sie.

„Ja, wie immer", erwiderte er lächelnd. „Ich freue mich schon." Käthe ging in ihr Appartement, und Arthur fuhr mit dem Taxi wieder nachhause. Am nächsten Tag: Käthe war schon spät dran, schnell räumte sie noch die gesammelten Brotreste in einen Plastiksack und verließ die Seniorenresidenz. Sie wollte pünktlich sein, nicht wegen der Enten im Stadtparkteich, die würden ohnehin warten, sondern wegen Arthur ...

Über die Bücher des Autors

In dieser Sonderedition sind die bisherigen Kurzgeschichten aus folgenden Büchern des Autors zusammengefasst: „Momente der Erinnerung", „Episoden aus Griechenland" und „Ins Leben geschaut".

In seinen Kurzgeschichten erzählt der Autor selbst Erlebtes sowie Fiktives in humorvoller, oft aber auch nachdenklicher Form. Kurze, spannende Reiseberichte sind ebenfalls im Buch enthalten. So werden die verschiedenen „Augenblicke des Lebens" wie Erinnerungen, Begegnungen, Liebe und Trennungen sowie auch Mitgefühl und Hoffnung besonders sichtbar.

In den Büchern „Bildhafte Gedanken" und „Fabelhafte Geschichten", illustriert mit Fotografien und Zeichnungen, zeigt uns der Autor seine Leidenschaft für die Fotografie und die Lyrik in den verschiedensten Formen.

Weitere Veröffentlichungen von Karl Miziolek

Momente der Erinnerung

Paperback, 76 Seiten

Die Kurzgeschichten beleuchten wahre Situationen des Alltags sowie fantasievolle Begebenheiten auf realen und virtuellen Reisen.

ISBN-13: 9783743115279

Episoden aus Griechenland

Paperback, 96 Seiten

In diesem Buch stellt der Autor erlebte und erdachte Episoden aus Griechenland vor.

ISBN-13: 9783735778475

Ins Leben geschaut

Paperback, 100 Seiten

Geschichten über Kommen und Gehen, Finden und Verlieren werden zu einem gefühlvollen, leichtfüßigen Parcours durch das Leben.

ISBN-13:9783743194953

Meine Kindheit im Paradies

Paperback, 72 Seiten

Der Autor schildert hier seine Kindheit vor und während der Kriegszeit von 1938 bis 1951.

ISBN-13: 9783735777829

Bildhafte Gedanken

Hardcover, 68 Seiten, Fotopapier

In dem Buch zeigt der Autor seine Liebe zur Fotografie sowie dem Schreiben.

ISBN-13: 9783739245164

Fabelhafte Geschichten/Deutsch

Hardcover, 48 Seiten, Illustriert

Die kleinen Geschichten sind für Kinder des jüngeren und mittleren Schulalters geeignet.

ISBN-13: 9783734783302

Fabelhafte Geschichten

In griechischer Sprache

ISBN-13: 9783744890557

Haiku

Hardcover, 80 Seiten, Fotopapier

Haiku Tanka Senryu Haibun

ISBN-13: 9783746035673